芳草依依

FANGCAOYIYI

魏兰芳 著

城里城外

忘却营营

他·她·它

南方叙事

天津出版传媒集团
百花文艺出版社

图书在版编目（CIP）数据

芳草依依 / 魏兰芳著 . -- 天津 : 百花文艺出版社，2024.4

ISBN 978-7-5306-8806-9

Ⅰ . ①芳… Ⅱ . ①魏… Ⅲ . ①诗集－中国－当代 Ⅳ . ① I227

中国国家版本馆 CIP 数据核字 (2024) 第 061963 号

芳草依依

FANGCAO YIYI

魏兰芳　著

出 版 人：薛印胜

责任编辑：郑　爽

装帧设计：百悦兰棠 [BAIYUE LANTANG]

出版发行：百花文艺出版社

地址：天津市和平区西康路 35 号　　**邮编：**300051

电话传真：+86-22-23332651（发行部）

+86-22-23332656（总编室）

+86-22-23332478（邮购部）

网址：http：//www.baihuawenyi.com

印刷：廊坊市海涛印刷有限公司

开本：880 毫米 ×1230 毫米　1/32

字数：270 千字

印张：11

版次：2024 年 4 月第 1 版

印次：2024 年 4 月第 1 次印刷

定价：68.00 元

如有印装质量问题，请与廊坊市海涛印刷有限公司联系调换

地址：河北省廊坊市安次区码头镇金官屯村海涛印刷有限公司

电话：（0316）2516002　邮编：065000

爱自由，爱自然，爱水风流动的衣裙

不爱的人，我赠她以黄金，爱的人，我赠她以白云

——刘年《白云歌》节选

致南方

南方是你的翅膀
兰芳是你的质地

从湖南隆回到广东深圳
仅一场梦的距离
一路上颠簸着你的悲欢离合
遥望着日月星辰

他乡即故乡
归宿即归途
生命越绿越长
向着港珠澳大桥的远方
生活越游越宽
像家门口的海水一样

诗歌啊，生命与生活中的一碟作料而已

（许岚 2023 年 1 月 12 日作于四川眉山洗诗堂，祝魏兰芳在今后的人生旅途中，越活越精彩！）

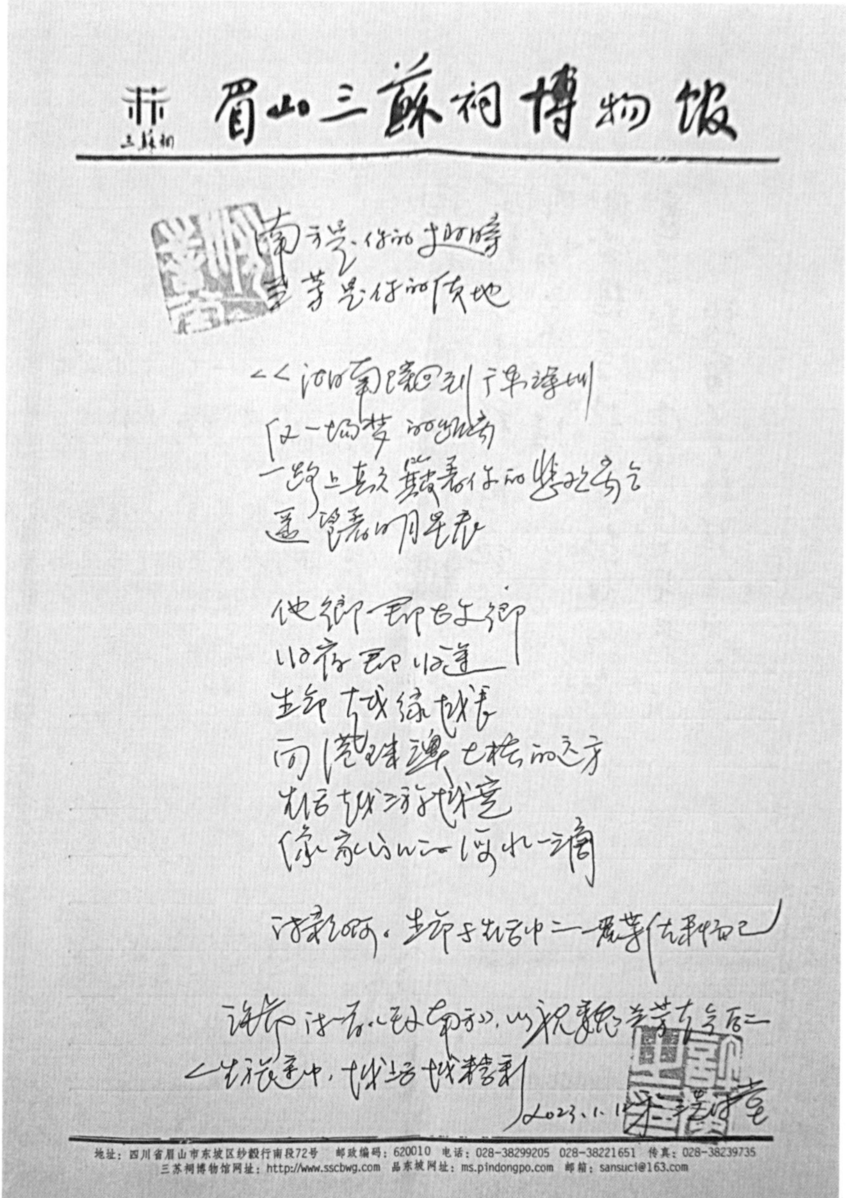

眉山三蘇祠博物館
三蘇祠
地址：四川省眉山市东坡区纱縠行南段72号　邮政编码：620010　电话：028-38299205　028-38221651　传真：028-38239735
三苏祠博物馆网址：http://www.sscbwg.com　品东坡网址：ms.pindongpo.com　邮箱：sansuci@163.com

《致南方》手稿

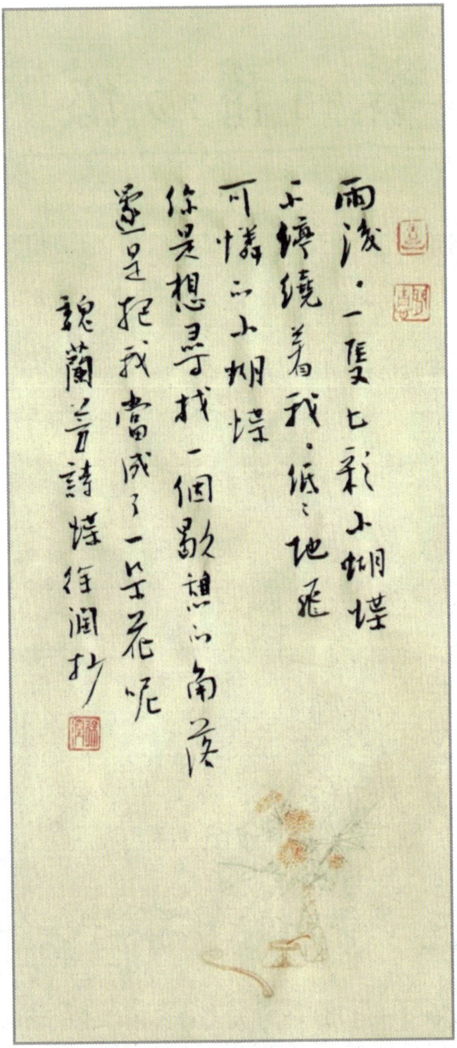

诗人徐润 2021 年书于广东清远

蝶

雨后，一只七彩小蝴蝶
不停绕着我，低低地飞
可怜的小蝴蝶
你是想寻找一个歇息的角落
还是把我当成了一朵花呢

（魏兰芳作于 1996 年，十五岁）

◎ 序言

山河远阔，芳草依然

生活不容易，写好诗更不容易，作为女诗人不容易，作为打工女诗人更不容易，来自湖南隆回的青年女诗人魏兰芳便是其中之一。当她嘱我为本书《芳草依依》作序，我放下了手中的工作，连夜读完她创作的所有的作品，不禁吐出“山河远阔，芳草依然”一句，权当这本书的序言题目吧！我想通过下面一小部分对诗的评论，让读者更了解、更接近她的生活、她的“诗魂”。

第一辑《城里城外》开篇一首《走过大鹏所城》，便把生活写得酣畅淋漓、铿锵有力，也荡气回肠：“……穿过青石板路　这古老的城墙耸峙 / 大鹏惊涛拍岸　将军对酒当歌 / 我静立于城口　双手抚壁　保家卫国 / 也许我曾经是将军手下最小的兵……”自明初建城以来，大鹏所城一直担负着深港地区的海防安全，多次反抗外侮、捍卫主权，是我国目前保存较为完整的明清海防军事城堡之一。保家卫国、国富民强、家国情怀，一个小女子，将男子汉的顶天立地写得绝妙极了，那些带血性的文字，让人读后激情澎湃。

1996年，魏兰芳在隆回二中读书时，尝试写过诗歌、小说、散文。高中毕业后她外出打工，成了万千漂泊者中的一员，从一家工厂到另一家工厂，从一份工作到另一份工作，从深圳到东莞，从东莞到长沙，从长沙到惠州，又从惠州折返回深圳……她在龙岗布吉下李朗村一家工厂待了十年，并于2007年冬自编文集《南方有约》，编这本集子的缘由是她与在东莞务工的一名湖北诗人分手，伤心至极，一气之下，才将自己的一切情感寄托于诗，而后一发不可收。2022年冬，她为深圳宝安沙井某工业园区里的景物、人物、特殊事件编写了一本诗集《入园记》，但在她看来，这都不算是真正的成集成册。如今《芳草依依》中收录的大部分篇章，呈现方式、表达内容都比过去的作品要更宽广、更包容、更厚重一些。“小舟从此逝，江海寄余生”成为她向往的生活，但这在现实中几乎不可能做到，于是，创作诗歌成为她多年繁忙工作及沉重生活的唯一突破口。

她的诗既有一种秀外慧中的真切与自然，又有天人合一的磅礴。她的文字悲悯绝美，格局辽阔，空间深远。魏兰芳作为一名有才的游子，故乡他乡，都是烙印心底的一种情牵，仿佛与生俱来，深刻、隽永，如《喊魂》中的三声。当她成为母亲时，逐渐放下手心里的宝贝，让孩儿留守，时常心有余而力不足，如《手》中孩儿挥手转身不再回头的无奈。因为有工作的地方没有一个家，有家的地方，却没有养家糊口的工作。她背井离乡，只能一边是“舍”，舍弃家园，舍弃团聚；一边是“得”，得到牵挂，得到释然，得到心安是归处。

2008年，她参加由深圳市劳动保障局和《星星》诗刊社联合举办的首届全国农民工诗歌大赛，获二等奖，并于2009年把户籍迁入当时布吉工厂的集体户口，这对她也算是一种暂时的安慰，但不可能是漂泊心灵的归依。

深圳，这一座汇聚南来北往的城市，有无数的小村庄，也有无数的工厂，成为异乡人栖居的家。作者的《栈板》《打工》《田字格》《去大鹏》《楼梯》《月光下》《立新湖的微笑》《浅草》等等，写的都是习以为常的生活，平凡而又普通，但作者通过所见、所闻、所想、所感撷取的小片段，用诗人的眼光与匠心，将日常打磨、抛光、润色，写成了真正的诗和远方。

远离他乡，寄居异域，孤寂的心难免落寞。字里行间，艰难与苦涩、流离与奔波、劳碌与辛酸，作者却从不落于俗套。记录如网交织的生活，她始终用一颗平常心，娓娓道来，看似温婉平静，实则功力深厚。我想大凡出类拔萃的作家，都善于将普通的人和事，跃然纸上。《红高粱》《活着》《平凡的世界》等等，主角都是平常人，然而，经作家一着笔，由平凡组成的不平凡的形象就呼之欲出，情真意切。所以那些平常的人和事，不只是当下时代的写照、缩影，更能折射出一个砥砺前行的新时代。人们所追求的初心、理想生活，以及梦想与精神境界，悄悄跃然于某首诗、某行诗中。

《芳草依依》有海角、天涯、明月、清风、四季牧歌，也有人间疾苦、悲欢离合。很多人说童年的回忆治愈一生。而在作者笔下，青少年时期的苦难经历，以及深深浅浅的异域情怀，构成了她的精神源头，贯穿原乡，成为她写作取之不竭的素材宝库。她丰富的情感与词汇，让她的文字亲切自然又那么熟悉。

故乡之间、他乡之间、梦乡之间，相互缠绕着。世间冷暖、人情百态、烟火星空，在诗人的字里行间呈现，读来如身临其境，无不令人动容。当你读完《夜宿西涌沙滩》就会感觉到全身细胞都在跳动，每一个字都是跳动的音符，直击心灵，那种无穷的空间、张力、气势，时刻向四面八方任意纵横驰骋，妙不可言。仿佛每一个字都让我们找到尘世碌碌之余所丢失的一种解脱与寄托。在诗歌里，每一句诗都被作者赋予了一种使命，一气呵成，又浑然一体。纵观全书，诗人笔触看似轻柔，却力透纸背，基调温婉，大抵是以柔以情感染人心的。

《芳草依依》分为四辑，以生活与工作为线，牵出对人情世故细致入微的观察，温暖的亲情、浓烈的友情、热忱真切的感怀、梦里的田园、诗意的乡愁、时光的流逝、傍晚的忧伤、内心的超然与淡泊、美好的物意等等，构建出作者内心强大的护城河，灵魂栖息的庇护所。

千千万万的异乡人，都在为“半斗米”而折腰。那些放下故乡的人，谁的心中不怀揣着一个“天涯何处无芳草”的梦呢？作为诗人应该拥有“山海”胸怀，很多人和事要拿得起，也放得下，更要具有一颗柔软、细腻、强大、独特的心。本来平淡无奇的生活，无序的“食材”，诗人通过苦心提炼，写出不平凡的诗行，就是了不起的诗人，我想魏兰芳已经做到了。她前面汇集的两本个人专辑，社会反响不错，而这一本《芳草依依》，即将由百花文艺出版社出版，不久就会出版发行，无论它是对过往岁月的总结还是人生新的启航，它所包含的意义弥足珍贵。

她是有慈悲心的诗人，“内心慈悲的人/走到哪儿都是寺”（见《南普陀寺》）简简单单的两句却道出一个真正诗人多年苦修出来的功力。是啊，人生一世，沧海一粟，一生就是须臾之间。桃之夭夭，灼灼其华，转瞬即逝。唯有把握青春，风禾尽起，且听风吟。魏兰芳常说：“年华就在当下，从心而行，从心出发，做更好的自己。”《芳草依依》这本诗集刚好证明了这点。

全书波澜壮阔，诗人以《爱》这首诗做这一本书的结尾，云淡风轻，又行云流水，体现出一种自我灵魂的洗礼与负重前行的心底渴望。尤其诗歌最后一句“南方/你一直在等谁的消息/让泪水从此只属于 爱的记忆”，就是诗人发自内心的感受，也是这一本书最后一句灵魂拷问，也是处在这个时代的一种无奈：谁愿意远离故土？谁愿意割舍？然而，谁又能抗拒？日子是自己的，生活也是自己的，人生也是自己的，不留遗憾便好。在花开花落的烟火人间，看开、看透、看远便是美。愿世间万物，诗心常在；山河远阔，与君同行；岁月绵长，芳草依依。

方竹

2023 年 10 月 31 日

方竹，本名彭芳竹，湖南省诗歌协会会员，长沙市岳麓区作家协会会员。

◎ 目录

第一辑　城里城外

第二辑　忘却营营

第三辑　他·她·它

第四辑　南方叙事

第一辑　城里城外

◎ 走过大鹏所城

轻些　再轻一些　我想轻轻回首
就会看见百年前的魂灵　游人如织
我害怕这些远行的脚步　稍有不慎
就会踩到那时人们的号子和心脏

穿过青石板路　这古老的城墙耸峙
大鹏惊涛拍岸　将军对酒当歌
我静立于城口　双手抚壁　保家卫国
也许我曾经是将军手下最小的兵

这四面八方的人们　他们微笑　极目远眺
一次或长或短的假期　一次或远或近的旅行
在这里短暂地相依相携　拍照　我恍然错觉
将军的雄姿在不远处同人们交相辉映

一个水墨山水的女子　她淡青的旗袍飘动
回眸嫣然　倾国倾城
古庙的门口坐着一位头发斑白的老人
门口立着青红黄旗　迎风招展

一个摄影爱好者
从所城门口拾起一片红叶
他不停地转动镜头　他说　我的孩子
多像这红叶一般娇艳欲滴

一家时尚文创小卖部
五六岁的小宝宝着上好看的妆容
在母亲的指导下　翩翩起舞
游人相视而笑

我们驻足在一家绿色盆景布满的小屋
它的主人是一所著名大学的学生
满屋的《神秘园之歌》　如此心动　悦耳
蚌壳珍珠项链　那是我忘了给孩子的礼物

所城　这条时间隧道　带领我们前行　轻轻的
轻些　让我们再轻一些　轻轻的　我的人们

我想象着人们多年前的样子　如果没有敌人
他们一定不会像今天的我们　这般来去匆匆
他们带着小孩从海里打回的鱼每天都是新鲜的
他们的老母亲和爱人在大路口烧茶晒布
他们尊敬的将军偶尔会站于城台
向他们挥手　向他们挥手

·2017 年·

◎ 去大鹏

从深圳的最西边　到最东边
距离的海岸线长长短短　风起云涌
在某个假日的句点闪耀迷离
一场过百万人的迁徙
我内心的孤独　因渴望而蠢蠢欲动
关于这座城的颤抖　十分之一的爱情
瞻仰历史　释放欲望　清洗疲惫　邂逅心灵
向往风姿卓绝　那海浪的风柔柔飘来
出门需赶早　我们总是因为过于热爱
车的长龙　情愫缓缓移动
谁也不能多说一句话　那雄伟的汽笛
不再长眠　开车的人早习惯沉默
这不是四点零八分的北京
我的孩子　你纯澈的眼眸坚定
你明晰的节奏　这不是一场关于
诗人诗歌的朗诵　我们所有的爱
都在你身边　那是一个你从未去过的地方
它属于我们的国和城　属于你惊奇的
一切美好事物　五岁半　你的确太小
这算不算远行　妈妈攥着你的手
小心翼翼　还要多久才能到达　这人世洁白
蔚蓝　关于一座岛的完整和未来

·2017年·

◎ 夜宿西涌沙滩

内心过于窃喜　这世界自由敞亮
呼吸一切自然的馈赠　一个长期奔波的人
他如此贪婪地吮吸着幸福
那工业区的味道此刻多么遥远
那属于我们的切割机　测量仪　密闭的车间
在某个焊点　这生活的磨难和伤痕
那些思想的小虫子　保持着这时代的悲悯
关于梦想　不过是喝饱了水的骨头
这流浪的城堡　我们放肆地裸露着
关于原始的野性和苍茫　今夜你是王
这唯一的宫殿　海浪拍不走的海市蜃楼
我们在夕阳下迷路　看晚霞荡漾
我的孩子　你不知疲倦　你的战利品
被围困的螃蟹开始放歌　尖厉地呐喊
胸口一阵暖流涌动　篝火是最好的酒
灵魂开始打烊　爱情的歌　总有人唱
几个年轻的小伙　把青春的身体放入沙滩打洞
我们紧紧地依偎着　篷帐朵朵
这么多年　从未如此安详　抱紧你
我内心血和沙的温度合二为一
今夜西涌　有谁比我更爱你

·2017年·

◎ 涌潮

这天地玄黄　海岸线　如此辽阔　蜿蜒
海在窗的外面　涛声如鼓韵　人们开始奔跑
孩子　浪花卷走了你的颤抖　你扭动着小小的躯体
雷声包裹着液体　此时大地更加苍凉
母亲的内心如此空旷　这寂寥似锋针流过
只剩下飓风在海面上疾走
我多想停下来　或者就这样走向更深的水域
抱着你　孩子　这繁华过后的清冷
远远望去　那座孤岛在浪花里摇荡
那游船上相拥的人们　就像一群孤独号叫的鱼
我只能紧紧地抱着你　一种被隔离了的疼痛
山岩溅起水墨画般的花树　将时间悬挂　倒立
它们如此放纵　使我想起另外的一个人
我们曾一起走在这样的沙滩上　他突然转身
就在海边　他无处不在　我却无处找寻
一种腥咸　遍满全身　水从礁石的缝隙中涌入
孩子　你突从我怀中跳下　拼命关上窗
我还没来得及给予你任何帮助
你又迅速扑向我的怀中
你明亮眸子如水　充盈如这潮动
不再想念　低头瞬间　我泪流满面

·2017年·

◎ 路边乡音

在南方
我无数次遇到
一些陌生的故乡人
他们放肆地交谈
我总忍不住停下来
慢慢向他们靠近
几声问候在我的喉咙中
不停地打转
他们舒坦的节拍
是乡音最好的呼吸
我多想再悄悄贴近
再轻轻拥抱
他们无意识的
讶异表情

· *2017* 年 ·

◎ 浅草

楼盘林立　谁多情布的局
某些罅隙固执　充满流动的自由
星星是夜　寒冷中唯一的朋友
浅草蔓延无边际　绝望的棋子轻敲灯花
下班路上　午夜的沉默
除了路灯的影子　那个孤独的女人转回头
没有雾霾的恐惧　带了饥饿和迁徙蚤子
白日阳光下的压抑　无处可躲
每一次转角　蓄意提留　割舍和抛弃
被迫抬着高昂的头颅　俯首生活
像浅草一般绝处逢生
某些不可言喻的刀子和伤痛
盛得下一处苍老的王国
碎裂的胳膊　那个黄昏突然晕厥
这是一条我们自己选择的路
关于跌倒后的酸楚有太多的诗人在证明
那个孤独的灵魂开始歌唱
有些浅草在路的两侧　逆风飞扬

·2017 年·

◎ 梦中的老屋

我看到你悄悄站在那里
一条“人”字形的三角路
夹着沟渠的倒影
撑开一个三角形的架构
父亲某天说
它不靠山也不靠水
所以　这么多年我们注定四处漂泊

你站在那里孤独地垂首　怀念
曾经同你相依为命的两个老人
在向阳山坡　他们同你遥遥相望
那满堂儿孙　而今在何方
乡村的夜晚如此漫长　老屋睁大双眼
它多想透过邻家的灯光取暖
那个破旧的小庭院　衰老得失去记忆
角落里的糍粑捶　几丛青草在寒风中瑟瑟发抖
少时摇过的老水井　又开始咿咿呀呀
空荡荡的房间里　传来老鼠饥饿的叫声
那棵柚子树　被固定了根须　它瘦小的果实
白天掉落在几个留守儿童的书包上
我偷偷哭泣的房角　镜子里还显示着我儿时的模样
那时父亲年轻　还没有一根白发
他伸出好看的手指　说我总是老气横秋
而我的弟妹们　一不小心把毽子踢上了屋顶

拉着我到屋后一起唱
“大河向东流哇　天上的星星参北斗啊”

我看到你悄悄站在那里
这条“人”字形三角路
夹着沟渠的倒影

·2017年·

◎ 沙井街道办对面

雨不懂得这场台风的秘密
就像城市不懂得为何迟到的夏天
一场自虐式的出行或逃避
行走　环顾　被渴盼吹散的漠然
诸多现实　你只说怕我受到伤害
那句等待　那朵玫瑰　算不算句点
明知不爱的　为什么
还是三番五次向你表白

我无法蜷缩在沙井街道办
716 室　刚刚攥紧我信仰的力量
我微笑着向组织问好
并真诚地回答一切考验的问题
我找不到理由再多停留一秒
我就快握不住即将飘浮出的魂壳
台风狂暴怒吼　雨伞奄奄一息

走出街道办大门　四十五度角斜线
老板说雨伞三十元　我眼神胆怯
哆嗦和脆弱又一次出卖了我
老板坐下看报纸　把收音机声音调大
我多想紧紧抱住这个小店
肆意攫获这最后的温度　你面容闪现

收音机里播放着爱情　有穿越大半个中国
也有我爱你的时刻　你不准醒来
木棉和橡树相互致意　三少走进木子的心里
他们有的离我们很远　有的如此之近
台风漩涡来临　我爱你
忍不住把自己的身体在陌生屋角抱得更紧

·2017 年·

◎ 红薯叶

小时候在农村老家
红薯叶都是用来做猪食的
我左手的食指和无名指
至今还有当年剁猪草时
几处不小心切到的疤痕
那会儿人们只是偶尔食用
并未对其存有任何好感
如今　城市中的人们争相购买
都说其营养是何其丰富啊
甚至有些超市都常年有售
徘徊在红薯叶菜地周围
我常常产生错觉
自己多像年少时将被切割的
那一捆捆红薯叶
面对一个胆怯的异乡农人
俯首帖耳　形态无比安详

· 2020 年 ·

◎ 胡萝卜

三平方米的种子被我
撒在了一平方米的土地里
它们长势葳蕤　郁郁葱葱
像一座雨后茂密的小森林
我常常恶作剧地拿水管
长时间喷洒它们
以为那样可以打倒脆弱瘦小的它们
却不知它们越来越顽强
我试着拔了几株
胡萝卜小小的身板红艳欲滴
哦　你们在下面会不会很挤
会不会有谁挡了谁生存的道
会不会流泪挣扎　茫然繁殖
偶尔失了本性
相互漠视　彼此倾轧

·2020 年·

◎ 观音山

天幕下空气如此静朗　祥和
温暖来自五湖四海的尘埃
他们牵老携幼　步履蹒跚
那不是秦时的古松和边关
你不必像万里长征的人那么挺拔
释放吧　我们内心隐秘的忧伤
一座秘密的朝圣博物馆
已被流年限制　我们在这儿相遇
费用的衔接口挂满指示牌
身边的老人唏嘘　缆车飞越
惊叫声此起彼伏　玻璃栈道悬空
飞翔吧　我们的爱逆流而上
陌生的红衣女子和她英俊的情人
祭香缭绕　菩萨慈悲
高高的莲花座梵音万缕
人类所有的虔诚在这儿如此透明
你握瓶的双手
多想轻抚那些从莲花台上悄悄走过的人

·2017 年·

◎ 从至美术馆往下看

从至美术馆往下看
无所适从的光跳跃着　钦点万物
几只懒飞蛾在树上嬉戏
无数车辆在树丛中穿行
107 国道和一串悬挂的巨幅售楼电话
彼此交相辉映　小欢庆的日子

窗外在淡淡地燃烧
飞奔的人　都死守三百六十度角
外面的世界不断在变
世情像一只跳蚤　楼市粘了几只
不时地辅助人类挣扎的幽香

从至美术馆往下看
塔形　方形　弧形　四边形　菱形
在一楼电脑画架　幻化成铁质皮影

他们是关键下被设计的点
从西萨·佩里到王澍
从古罗马广场到万里长城
你所感受的它只轻轻带过
欲望和荣光如富士山炙热饱满
何田的孤岛已点燃熊熊火把

那间多功能报告厅
像个等妈妈回家的孩子
处处散发着拥抱的期待与热忱

· 2022 年 ·

◎ 夜幕

——2017 年端午晚上由从化大弟家回深圳途中记

五月　相聚于诗人的节日
我们互道安康　微笑背后
祈祷历史不再重演
《远处的星光》乐音渐渐传来
此时万家灯火　深夜雾幕垂帘
这祥和的景象
让石头沉汨水之痛　无处躲藏

从从化回深圳
不只是从一个家到另一个家
两座城的想念　血脉共享
漂泊的孤单　被迫选择生活
我们对谁的爱更多一些
同城市擦身而过或画地为牢
我们挂着生存的锁　磕磕绊绊
母亲的瘦与老依旧
她絮叨的爱与恨仍然如旧
我们多希望她能爱自己多一点
岁月兜兜转转　她能爱别人
爱所有没家的孩子　也多一点点

今夜的从化　母亲　若在你身边

我将倍感孤独　那转念与回头
爱国　念家　有屈子样的决绝与不舍
对于两个并不属于我们的城
我们彼此逃避　彼此靠拢
彼此分离　基于责任
我们似乎活得比故乡要真
这一路我们相互问候
中途难免会有高峰出行的堵
小轿车冲破护栏的疼
三条道变成一条道　人生的路
殊途同归　守夜端午时
警车呼啸而过　我们寻找受伤的人
从增从高速转广深高速
不只是从一座城到另一座城

·2017年·

◎ 过西湖

于公于私　或出于内心的胆怯
或缘于对爱的渴盼与敬畏
我们需要遵循某条定制线路
从某个切口　拾级而上
终点扑面　冬天和春天交织
雾霭流岚　那日如此辽阔徜徉
那满湖的绿痕着了冬的深沉
那远行的人们和着春样的欢欣
保俶塔寂静　一架无人机从山顶掠过
人们满怀崇敬　朝它挥手致意
那面鲜红的旗帜　挥舞来时的路
俯冲吧　这群山之巅的迷离
宝石山下没有三生三世的爱情
千百年来骚人墨客竞相绽放
我们不过是从南边来的一群
远足的游子　稍不留心就被定格了模样
那些欢笑背后的汹涌情感
它们怎可懂得西湖水面
这个季节　竟然会如此地
波澜不惊

·2018年·

◎ 三潭印月

那一天　你拿着两张照片
说来看看你的身后有什么
那一天　你拿着一张一元的钱币
你说再看看它的背后有什么

三个宝葫芦的传说中
哪个罩着不懂爱的黑鱼精
人们争先恐后　一睹小瀛洲风采
三潭塔分一月印
一波影中一圆晕

人在水中游
水在岛中荡
柳与影共拂
漫步湖心时光隧道
水自有水的春夏秋冬

我们的爱不会像它们一样
三足鼎立吧
你在照片中深情的眸亮
是给我　还是给断桥
三潭印月这被拼装的千古绝恋

·2018年·

◎ 凤凰山石头前合个影

来此山者未到此处留影
视为未达
游此山者未到此处凝目
视为未敬
登此山者未到此处触抚
视为未启
多少奇山异水　待你游走天下
随性千回百转　伴你夜月啼鸣
梦你多少回呢
那方石仍在那里矗立
任风雨侵蚀　山河岁月
它从未失英雄本色
你如今也坦然在照片中

那日红旗鲜艳
那日你似乎比往昔
更加明眸皓齿
那日我记得最清楚
你穿条玫红色的连衣裙
走在队伍最前面
那日你说得最大声的
一句话就是
大伙儿拾掇一下
“拿出精气神　我们马上到

凤凰山石头前合个影”
声音铿锵
似乎要唤醒那躺在半山腰上的文氏后人

·*2018* 年·

◎ 登山小记

我们的队伍已整装出发
从山上小跑下来的人们
脸上洒满慈悲的光
他们不断友好地为上山的人们让路
你在朋友圈中发出一小段视频
并配以略显忧伤的文字
血液　斑块　肿瘤　晚期
山顶的最后一百米
我突然觉得人生的漫长
那些友爱均已模糊　伸开五指收不回
烈日　虚汗　抽筋　大脑缺氧
你呀你　终于出现了
你说只是开了个小小玩笑
想看看在我的心中
是否依然那么在乎你
我湿透的全身一直不停地颤抖
睁开双眼
发现身边人们的身上都洒满慈悲的光

·2018年·

◎ 故宫印象

太和殿上
多少帝王将相争风流
红墙琉璃
几多三宫六院的前尘往事
都说一入宫门深似海
而今它敞怀迎接地球村的人
传说着它的奇异和威严
紫禁城巍巍
皇权至尊　一声“万岁”震山脉
让这九千九百九十间房
见证它的荣光和苦痛
站于故宫　胸怀天下
方知人世渺小如尘埃

那个从故宫走出来的人
他一定经历过生活的三拜九叩
但愿那些从故宫走出来的人
上善若水　早已习惯
不问前世和来生

·2018年·

◎ 那是凌晨三点的北京

固执的我　错过一个约定
仿佛已错失一生
深秋的早晨　飘来银杏芬芳
掀开内心那只黄色风筝
积蓄已久的情感
像美丽的冰糖葫芦
晨曦温暖着五环的故事
人们悄悄追随你的心跳
你见多了那些深夜一两点
就起床的孩子
他们在冷风中相偎依
搓手　跺脚　挥舞着五星红旗
他们在长安街放肆地奔跑
所有神经系统都在呐喊
他们拼命往前靠拢
我的舍友说她从没感觉步伐如此坚定

他们没有同我打招呼
就把天安门　人民大会堂
国家博物馆　北京饭店
人民英雄纪念碑的庄严
护旗手子弟兵的英俊伟岸
伴着国歌的力量　轻轻传送入我的梦乡

·2018 年·

◎ 鸟巢落在水立方

那些灯光汇聚的
也许不仅仅是欢呼
今夜我们都是远行的鸟儿
却飞不进巢
就算选择从国家体育馆
跳进水立方
那些四散开来的水花
是否会温暖万千夜行人的梦
你说不如选择几尊水晶纪念品
就像把今夜的北京带回南方的家
当我们无所适从的时候
它们就会在记忆中飞起来
翅膀飞累了
我们向往的心将被水滴
注满丰盈

·2018 年·

◎ 龙凤路口

多么亲切的名字
站在这个路口开始想象李凤姐
那些路过的陌生男人哪个更似朱德正
游龙戏凤　驱不散饥饿的回声
从宝安到龙岗　我们拾掇一场失败的考试
来祭奠那些城中的阡陌
今夜龙岗是绝佳据点
人越成长却越来越胆小吗
那些静默的装修牌拉长身板
那个被缩小的公交站牌暗藏机关陷阱
我拼命地踢走几块小石子
又飞奔着跑去踢回
一个好心的司机微笑着说
上车吧　十五元　顺路送你去
他老婆看上去也是很实诚的女人
走吧　十五元　要不要坐前面
一个小孩大喊爸爸要往他怀里钻
我终究没有上车
许是不忍打扰他们的好
也许只是留恋这龙凤路口
最美的晚霞时分

· *2018* 年 ·

◎ 雪落姚家寨

——致 Z 君

如果没有那个晚上
他们不经意的谈笑
轻轻撸起袖子　我伸出的手
几乎就要碰上你高大的背影
那日时光不曾倒流　我驻足　你回首
那刻时光若永恒　你定能见到
我眸里你镜头下那片雪白的苍茫
你的世界过于壮阔
它们不需要我无意撞入和欣赏
那些小心翼翼的温暖　悸动
风雨拍打着小木屋　寨子湿冷　安静
你淡淡地说着瑞雪　贵人　喝三大碗热姜汤
昨晚一宿高速路上的拥堵
小小的饥饿感　你说最好有碗劲道的面条
梦想让你忘记了感冒如影随形
咳嗽　流泪的眼睛　清凉的鼻水　雪落竹叶的声音
那些在会议室等待你的人
你说等等哈　日子拼搏了才会过得更好

如果没有那个晚上
他们不经意的谈笑
轻轻抬起眼角　我触及的目光

似乎就刚好落在大雪后的默契里
你总是不偏不倚　淡淡的　你说没关系
有道红运当头的名菜我早不记得它的模样
你说有张照片关乎这个新年其实还可以
适量小酌　让那些细微的病菌疏散开来
你要的对饮　和他们相互的赞赏
我无所适从　我的心太小　小得只盛得下你
他们说什么我其实都听不见　只有雪的声音响过
他们说什么我更不愿听见　我的灵魂早已飘过寨子
你问我为什么流眼泪　我怎么可以说
为什么我们来到这里　就如昨夜　我一宿未眠
那夜的山水绿洲　一些善良的人
急于寻找我晚归的宁静　姚家寨　雪停了
他们害怕意料之外的事情发生
他们或许比我更急迫
需要在这个夜晚向你提供某种表白证明

没有骗你　二十年前我的湘西老家
那时常下比这更大的雪　那时我们衣裳单薄
家家户户屋檐下长长的冰柱晶莹剔透
那时我常抬头望着它们发呆
想象远方的模样　那时岁月安静
多像今晚我眸中你镜片下那片温柔的苍茫

·2018年·

◎ 姚家寨之夜

多停留几秒　还是潇洒抬头
人们举起的杯和唇只是闪过
从南方城市满载的欲望
争先恐后从我们身旁变幻着
心中一朵默契的玫瑰就要枯萎
夜晚的姚家寨只剩下广场几团雪
我忍不住在某个地方开始偷偷旋转
像文艺片中的女主角　那件草绿色的大衣
它张开嘴同我一同呼吸
姚家寨起风了　盛满生活的幽涩和寂寥
同一个远方的朋友微信聊天
雪团在皮靴蹂躏下一阵阵碎裂
细微声响像南方那只海鸟的歌唱
空旷的广场　那些熟悉的号码闪烁
我尽量保留某种属于女性的韵律
鞋跟的孤独已不足影响远方相拥的人影
我拾起小小一团扔上黑夜中某个不明物
冷风袭来满身寒战
那夜的姚家寨广场没有任何对白
只是关于你诉说的新雪　在我眼中
在我心中下了一场　又一场

·*2018* 年·

◎ 过厦门大学

那年那月又如何
一个盛藏往事的人　其实
他早在内心种了一条河
如果没有纯粹的热爱和预演
我们舒展开翅膀同谁告白
芙蓉湖畔的黑天鹅啊
你有着鲜为人知的卑微和快活
你把头俯至更深的水域
那些水草怎懂青春绽放的欢愉
他们在最好的年纪
守候着最美的校园
我们这些远道而来的
掠夺者　面具携带者
快卸下吧　其实
除了门上的“厦门大学”
四个字
我们最应该去看看先生
看他根根竖立的头发
如何幻化成匕首
插入今天你我的心脏

·2018年·

◎ 南普陀寺

内心慈悲的人
走到哪儿都是寺
举起又放下的手机
快收回吧
我们说好不打扰
只是途经此地
你若想看看
一面面慈悲的菩萨墙
后面的那座山苍翠
把脚步放慢一点
把灵魂放轻一点
你带来这么多俗世的风
小心吹散它门前的香

·2018 年·

◎ 内厝澳码头

从鼓浪屿别墅酒店出来
我们沿路步行一公里
内厝澳码头某个小店
有杯冰汁奶茶是赠送的
这次旅行唯一的福利
导游说千万不能放弃
谁同我们一起唱的
《海阔天空》　这自由之声
凤凰木上灯球闪耀
它们站立的高度和影子重叠成直角
来时路上　曼德拉的荣耀
我把发你的照片也发他了
那个及时回我讯息的人
为何从不是你

·*2018* 年·

◎ 风景

对于一个 800 多度的近视眼
再好的风景都是不完美的
我习惯低头走路
做自己的敌人
对面走来的朋友
你没必要同我打招呼
再见鼓浪屿
回深的列车少见晚点
同行的朋友们刷着
美景　美人　美琴　美食
刻意的某个特写
我不得不承认它们
已具备某种艺术级水平
她们问我看到了什么
我说
我终于看到了鼓
看到了浪
看到了屿
却看不到望眼欲穿的
那个叫舒婷的女人

· 2018 年 ·

◎ 地铁上的孩子

背靠车厢中的一根手扶柱
他乖乖地坐在父亲旁边
用清亮的眼神扫视周围
他的父母开始低头玩手机
他看到满车厢的人都在低头玩手机
他于是打开了自己的玩具盒
开始坐在那儿认真地叠起火车
他的动作如此娴熟
看上去在家中已练过千百回
他把叠好的火车推向爸爸的脚
爸爸没抬头　用手指了指妈妈
他把叠好的火车推向妈妈
妈妈没抬头　用手指了指爸爸
他缩回手　又开始用明亮的眼睛
环视车厢
当他的目光即要触上我的时候
我连忙匆匆地闭上了眼睛

· 2021 年 ·

◎ 人民英雄纪念碑

人们拖着沉重的步伐
庄严立于碑下
仰望　宣誓
高高举起右手
革命烈士永垂不朽

透过一边的角度
有些国际化的楼宇
在碑身后拔地而起
鳞次栉比的屋顶
仿佛就要冲破云霄
革命烈士永垂不朽

党旗鲜红　誓言铮铮
先烈的遗志不停回响
民族的伤痕历历在目
人们有序拍照合影
在微风中挺直脊梁
党旗高高飘扬
革命烈士永垂不朽

天空为何突然下起了雨
太阳啊也不忍多看
别伸出你们的大拇指

故作一些略显夸张的笑容
地下的那些灵魂
他们什么都不需要

·2018年·

◎ 烈士陵园

人们啊
把脚步放慢一点
轻一点
这里的空气流
一定蕴含着他们的呼吸
这儿的花草树木
都是通灵使者
它们静静守护着
在每个夜晚
它们睁大眼睛
看那些前赴后继
倒下的勇者
走过片片绿叶之尖

· 2017 年 ·

◎ 芳名亭

我伸出颤抖的双手
从下至下　从左至右
一排排抚摸
就好像抚摸你们
曾被战火灼伤的脸庞
还有被敌人的子弹
射穿的胸膛
我泪水满眶　止不住滑落
抚摸每一个滚烫的名字
就像抚摸历史
在时光机中的划痕
点　横　竖　捺　撇　弯钩
如果可以　我多想
把你们一一拥入怀中
把你们的生命一一重新组合
也许拼装的外形再也不会是
你最初的模样
那么多的无名氏啊
你们满腔的热血一致
你们慷慨赴死的大义一致
你们留给后人的问　爱　泪　一致

·2017年·

◎ 登羊台山[①]

一

守住一座城的人们是幸福的
守住一方山水的自然是幸福的
守住那个故事的传说是幸福的
别说　深圳八景之一
别说　深圳西部第一峰
别说　峥嵘往昔岁月稠
只有守住山的灵魂
人们才能永远攀上内心最高峰

二

我们相约　前行
笨拙的脚步却也掷地有声
这个季节毫不留情
让人想起故园
想起庭院中从此无人问津的
几棵橘子树　柚子树
山风吹拂落叶　远处峰顶起伏
总有嫩芽送来花的芳香
山道两旁植物繁茂
舒展开它们的腰身

① 现称阳台山

我们却无法唤出彼此的名字

三

雄伟的观光台是属于远行者的
好看的鹅卵石是属于小溪水的
大小瀑布是属于深潭的
天作石是属于历史的
燕窝坑是属于英雄的
竹林深处脉脉含情的女子
是属于她的心上人的
“山之妙在峰回路转
水之妙在风起波生”
羊台山第六站　此刻
你　是属于我的

四

孩子是脱缰的小野马
从第一个石阶开始
每到一处标记前
大声地呼喊
偷偷暴露着心中
快乐到达的小秘密
孩子不知道
我们要行走的世界和远方
常常山高水深

五

深山险路　游人如织
阳光习惯在树林里告白
轻轻一声问候
在修筑的上山马路边
开出一片鸟语花香
孩子拾起一株野扁豆
小树悄悄地举起枝条
老人用力地撑出竹竿
一处陡坡上
有人在调试无人机
还有一个戴眼镜的男孩
正努力遥控着他的冲锋卡车
在某个转弯处
有巡警的摩托呼啸而过
我们站于山腰
给摇摇晃晃的小孩
唱起了山歌

六

山顶　还没有蜡梅开放
无数愿望已在枝头绽放
火红的心结带来春的讯息
我们需要在一棵树前留影

在一块巨石前驻足
幻想多年后我们再次来过
它们会变成什么模样
在强光下俯瞰　摄像
石岩　西丽　大浪
它们竞相呼唤
海拔五百八十七米　它们
听不见自己的回声

七

一位年轻的父亲
用背婴袋背着五个月的婴儿
从第一站　到第九站
年轻的母亲脸蛋通红
微笑着向人们解释
年初怀孕二月时
因体力不支
上山不远就无奈放弃
而今年关　重登羊台山
不想在新年留下遗憾
婴儿突然醒来　神态安然
我好像看到三十年后
一位青年小伙
搀扶着他年迈的父母
大踏步　走向　山顶

◎ 灯光

我偏爱阳台一隅
在夜的怀抱中　占山为王
它自带闪电　和一些零碎
生活的褶子　以及白天那些
不便于敞露的心事
像抖抖就散落尘世的蒲公英
与福和路上帝豪仟悦酒店为邻多年
它每晚六点准时用四十五度角倾射
三层过来的暖光　最是柔和淡然
像刚出炉的面包卷伸着懒腰
小汽车的影子开始爬行
一不小心在新和大道那儿转了个弯
那些从海上田园畅游回来的旅人
彼此拍拍肩上的尘土　拥抱
深呼吸　像再次亲吻海的芬芳
哦　被黑夜遗漏的我
不该在此时猜想灯光后面的世界
哦　旅人　在这个水晶般坚固的城
你带着你的
我带着我的
今夜帝豪仟悦酒店
定有秘密和阳光
同我们一起蓬勃生长

·2019年·

◎ 山竹来的时候　我们在井冈山做什么

山竹来的时候
我们在井冈山做什么
那些连根拔起的大树无法回答
那些飘飞的屋顶散落的墙体不能回答
那些洪水中的汽车　大海中的船箱不会回答
那些红色的马甲不会回答
那些英勇的子弟兵不会回答
那些为着生命的尊严和热爱的人不会回答
那些失去故园的小草　它们都不会回答
大自然举起欢庆的杯　偶尔露出战斗肌
人类啊　你是多么多么的渺小

山竹来的时候
我们在井冈山做什么
那块无名烈士纪念碑可以回答
那栋井冈山革命博物馆可以回答
黄洋界上的枪炮声可以回答
那些雕塑　碑林可以回答
坚毅　才华横溢的王尔琢可以回答
忠肝义胆的袁文才　王佐可以回答
何长工老人沧桑的笑容可以回答
朱德的扁担可以回答　八角楼上的灯光可以回答
井冈山上数十万不屈的乡亲可以回答

这是一场半年前的学习培训计划
人们再次用力举起右手
让鲜红的旗帜　随着井冈山的精神
在神州大地高高飘扬

今天的人们　如果你们不小心迷失了方向
就放下一切去井冈山看看吧
那里的竹子仍然那么苍翠挺拔
三大纪律　八项注意回荡
在雷打石的上空
那些被星星之火点亮的灵魂
他们在山竹之夜仍然紧紧攥着我们的手
彻夜未眠

· 2018 年 ·

◎ 望山歌

人们说我们此刻停歇的地方
不是凤凰山顶
我们到达的秘密有少部分
被储藏在凤岩古庙
这些年我们驮着肉身
走了很多的路
却发现最终都不是目的地
凤凰古庙　龟池情深
香炉兴盛　正气从来
望烟楼一生锁善缘
才发现达济天下
未必能独善其身
人生不过自由最可贵
那些攀上顶峰的人
为何叹息着　坚定目光
他们拒绝思考一些
侧方位的路程
惶恐滩头说惶恐
零丁洋里叹零丁
望山望水　谁望沧海浮生

·2018年·

◎ 布衣

一袭棉布长衫　无靴无褂　长发不飘飘
绾髻　素手　我沏壶好茶　坐等

不是君子我不邀　如果你仗剑煮酒
我亦笑和躬耕泥土南山下
遍地尽是江山美人　五谷杂粮丰盛
二十四节气流转　我曾经去过的那个地方
此刻烟雨迷蒙　车来车往的富贵乡里
再也没有从前的温柔　年华似锦流
我归于草芥　从对面山上走来少年英雄
他剑眉星目　举手投足尽显侠义本色
天空闷雷炸响　对饮无语三人
他想去的那个地方正是我倦了的
有太多幸存者和死士相约
我凝目　他颔首　自是天涯别过
对酒当歌　前路漫漫
我不再是谁的舞娘　红尘三尺深
那是盛宴　典礼　水乐悠悠
我清酒洒地　清歌一曲
算是祝福与祭奠

一袭棉布长衫　无靴无褂　长发不飘飘
绾髻　素手　我沏壶好茶　坐等

·2015年·

◎ 走在成都的大街上

一尾泥鳅　因为潮湿和土壤的涌动
向下一个未知的黑暗和春天出发
你还没有完全醒过来
人生的过道恍如飞机的跑道
记得加速　紧要的时候努力冲刺
无论身陷什么样的淤泥
也将鲜活得游刃有余
第一次乘坐　从深圳到成都的飞机
两小时距离　被特定的力量牵引
如果从拉萨到上海又会是几个小时

走在成都的大街上
空气中都洋溢着各种舒心的微笑
人们容易遗忘深圳鳞次的模样
想追赶它的淡漫　妄图一路小跑和高歌
我差点以一个劳动者挥手的姿态
幻想它也是属于自己的另一座城市

走在成都的大街上
穿越春熙路的繁华　放逐在天府广场
龙抄手带你静静地回归百果苑
盖碗茶的芬芳沾满银杏香
沉淀在一条亦今亦古的宽窄巷子
我小小的旅行袋里

早已承受不住一架相机的沉重

走在成都的大街上
一对年轻的夫妻撑一只新买的马桶
马桶上坐着他们不谙世事的孩子
他们是归家的路人
可以与薄雾中的城市一块打更

走在成都的大街上
我渴望自己就是一尾泥鳅
钻过厚厚的泥浆
被好心的人们翻回家
当夜色迷漫万家团圆的时候
有我瘦瘦的躯体散发着几丝不咸不淡的味道

·2008年·

◎ 牵手

牵你的手　牵他的手
我想牵你们的手
我的手冰冷
它爱上了你们的手温暖的感觉
这一切　被踏实传递着
没有欲望　性和不洁
好久以来　我渴盼的景象
你是一棵挺拔的大树
把我这棵小苗傻傻地带在身旁
我们一同在风雨里成长　一同向阳取暖
在无垠的旷野　大声朗诵舒婷的《致橡树》
你明亮的眸子是否如我一样
也会藏些惊喜和战栗
好想一路被你们拉着走下去
无论故乡和异乡
敞开微笑和真诚
被你们牵着
天空和大地就是我的全部

·2008 年·

◎ 官山记

深夜读一位老师的诗集
连续六七篇都用到“棺材”字眼
除了有点瘆　我并未觉有何不妥
老师说他书写时本应有更好的意象
但写的时候不知为何
关乎死亡的表达
我们可以有千百种方法

我想起故乡的一座山
它的名字叫官山
小时候同学之间打赌
总说输了的人让他一个人走官山
其实这座山同一般山无异
只是埋葬了太多意外身亡的灵魂
有些入土时连具薄皮棺材都没有
传说每当夜半时分
山上都会传来凄怨的叫声

印象中我曾一个人走过一次官山
我一路狂奔
大唱《潇洒走一回》
想象那些灵魂略带同情地目送我
但他们肯定无意伤害无辜的人
我一口气跑了很远　才敢停下来回望

在夕阳余光下
官山除了枝繁叶茂些
它看上去的确同其他山没什么区别

· 2020 年 ·

◎ 喊魂

记得小时候在农村老家
孩子们遇到什么坎　病　灾
大人总说可以到村口
对着那棵百年老树
或遥远的星空
喊三声　声音拉得越长越好
某　回来
某某　你回来呀
某某某　你快点回来哈
疗效会出奇的好
而今　我认识的一些被喊的人
他们都步入中年了
更多的远离家园
几年也没回一次故乡
而那些喊魂的人
要么早已躺下
要么耳聋嘴哑
要么至死也没盼回一个被他喊过魂的亲人
还有少数颤巍的模样
至今我也不忍去求证
当初他们的喊魂是否有效

· 2020 年 ·

◎ 立新湖的微笑

一

在所有的产业升级到来之际
我们谁也无法猜测　最终战略
会让你从心灵上属于什么样的主人
升级版的松山湖　还是人类的世外桃源
占地 1.9 平方千米
水域面积 1.2 平方千米
听说湖水荡漾誓与珠江潮相争妍
无须月老红线搭桥　在国庆假期
无须预约　从蚝乡步入福永
三十分钟　而你的名字
已在心头萦绕多年
如故乡那些望眼欲穿
等待我们的亲人

二

孩子和老人向往的外部世界
陪伴最可贵
我多么留恋并深藏内疚
国庆长假　一天假期
是生活让我变得比以往
任何时候都甘于沉默

这是一个容易流失的年代
如中年人的钙质　尿频　肾结石
突然的掉发　午夜的失眠　疲惫
无论是石板楼梯还是平坦的景观长廊
我膝盖酸软　仿佛心有余而力不足
身边万物满怀善意　像和立新湖的约会暗号
我远远地跟在他们身后
偶尔会拾得女儿放飞的几个肥皂泡泡
目光追随她灵巧奔跑着的小小身影
有只海鸟突然从头顶飞过
带来阳光　汗水和一片墨绿色的沉默

三

湖面目测有多大
可以用时间的脚步去丈量吧
对岸那些红色的国旗和灯笼
让空气变得更加温润
初冬的风　如此温柔
汗水　适可而止
我渴望湖面能如画中般
闪现几艘小艇
还有欢乐的游人吹起号子
或者像刘三姐　对起歌儿
绿堤围岸　就差个西湖断桥
在这个遍地自媒体的时代
传说就罢了　像冰心那样

“心中有爱便将拥有一切”

但我突然更渴望有一趟小渡轮
带我们去到对面一栋
兴建的新户型　有个三角形书房
一个通天亮　可种绿植若干的超大阳台
在这座城市　一个
我们祈盼的　小小的
家

四

没有约束
孩子们都是自己的国王
他们擅长踩踏和追赶长廊的影子
召唤和统治一方自由的土地
急速行走的　奔跑的　坐于婴儿车的
还有怀中探脖子踢腿的
在统一用稚嫩的声音宣告　呐喊　冲刺
他们偶尔也静下来
不问世事　不看眼神
连低头玩手机也像云彩样洁白
即便没有一丝风　在这个傍晚
他们都能飞向辽阔的世界

五

从观湖平台俯瞰志愿者 U 站
巨幅红色拱门显示
福永街道棋协和凤凰棋院已乔迁新址
立新湖小别半岛花海多了几个回眸
马路对面正是望牛亭公园
两边节日的花圃遥遥相对
那些红色的影像　铿锵的文字
总莫名让人安心　给予强大力量
我们慢慢行走　同植物一起呼吸
那些我们唤不出名字盛开的芬芳
试图虚构多场对视与辩证
从迷失到追寻　从伤心到振奋
从寂静的缝隙到宇宙的真理
我们不能想得太遥远
迟来的祝福和希冀到不了四面八方
我想象在一二公里范围内
定有熟悉的友人在这座城打拼　居住
也或许他们早已离开
在另一处空间幸福瞭望
想起立新湖的美
但肯定不会想起我

六

孩子　我们没有假期
不能陪你们去更远的地方
生活早已把我们从你们的梦中惊醒
我们目光所及的这一波湖面
在晚霞中露出温润的微笑
它储藏了太多大地的秘密
保持精神平衡　保持静谧
保持激昂　保持不屈　不放弃
它可以让人更加清楚永恒的意义
有时我不知怎样陪你们慢慢长大
于是选择逃避　在你们看不见我的地方
放逐流浪　故意疏远你们
仿佛在报复我那早已逝去的童年
那些因为爱的沉默或悲鸣　如今
我已懒得理会他们的随意赠予或剥夺
哦　这生活　难免让人忍耐和折腰
我全身骨头带刺　难免受伤
而你们是无辜的
你们应该有透明的头脑和心灵
有玫瑰色的草地和粉红色的花环
你们应该毫无顾忌地歌唱
一岁的小宝也可以肆意咿呀几声
你们振翅高飞吧　怀抱满腔热情
于人世　于未来　最好能一辈子

说说笑笑
偶尔眼含热泪

· 2020 年 ·

◎ 遥想盛芳园的书房

我们从沙井公园返回
绿色抱满怀　新认识了
龙船花　天堂鸟　朋友们说
不虚此行　好一方净土
这么多绿植　政府规划不易
住在这周围的人们是幸福的
不会像我们这般来去匆匆

在觉园新村某个十字路口
驻足　仰望　从盛芳园的北区
环视至南区　我们惊异于
中间天空上那朵奇特的云彩
它仿佛正慢慢朝我们走过来
变幻着色彩　从蓝色　白色　灰色
到黑色　那些零零落落的雨点
似乎在催促人们行走的步伐

“唯有此刻的雨滴　仍保留了
古老的润泽与唤醒”
手机上献平老师说成都阴天多
我无意留念盛芳园的美景
也早已习惯深圳各种包容的天气
只是遥想某个正在阳台上喝咖啡的人
种了几株富贵竹　几棵发财树

它们正对着我梦想中的那间书房
轻轻发芽
慢慢开花

· 2020年 ·

◎ 童锁

我问同室的病友们
饮水机上的童锁有什么功能
她们都说不知道
从没用过　许是备胎吧
就像这个夏天突来的热和冷
知了在老樟树上挑战式欢唱
那些飞向海边的荷尔蒙低垂
而挣扎和庇护如带一团童真的战士
人们目测的安慰和畴考
就如人到中年
只有佯装糊涂的人才是最幸福的

·2022 年·

◎ 端午叙事

千百身影鱼贯而至　人们精神抖擞
他们刚从六一的快乐中苏醒过来
粽香味从线上龙神转到线下孝心
最终附上屈原的高贵与悲壮
七弦琴唱响少年英雄的赞歌
“尖尖长　蘸白糖　一根根筷子光光行”
儿时带着黄澄澄的碱水糯米香已入骨髓
如今社区中心福利售卖的粽子
一元一个　造型百态　我却无比冷漠
那熙攘的人群伸长脖颈
仿佛水盆中的粽子可直线攀缘　分发
多么长的队伍啊　被人们忤逆过的岁月
在情怀中熬煮　在想念中喷香
鹏城六月　满世界祥瑞
纪念和忧伤早已渐行渐远
“堪笑楚江空渺渺，不能洗得直臣冤”
先贤者　任由文人骚客着墨
人们等待的粽子　或者错过的粽子
“玉台金盏对炎光　全似去年香”

·2021—2023 年·

◎ 夏花物语

一场夏雨敲响城市的惊悸
千朵万朵水花飞舞
它们最好保持同一姿态或沉默
某一朵不小心跳高一些
或是张大了嘴
就显得那么不合群
雨滴拼命地落在大理石地板上
涟漪颤动　敲打透明的花伞
红　蓝　紫……行人们姗姗而过
小叶榄仁垂下丰茂的枝头
洒一片翠绿的饱满　聆听季节的悲伤
这是夏天的秘密　广场上铺就的青草
它们相互问候招手
人们朝远方走去　有个背影
写满时代的秘密与伤感

· 2022 年 ·

◎ 讨价还价

成都　兰州　隆回　深圳　长沙　上海
在中国地图上　可以任意地连成线
一个小小的三角形　S 形　还有更多眼光赋予的形状
但隆回　我们共同的家乡
像一枚钉子钉进我们的骨髓
无论站立或倒下
它都会在中间释放不屈的光　疼痛
这些熟悉的字眼
它们是风干心灵契合的秘密官网
我这一生啊
不管买什么东西都想找老板讨价还价
除了购买书籍和对远方你的思念
我从不允许减价半分

· 2022 年 ·

◎ 在蚝乡湖公园看庐山瀑布

在海边一座千年蚝乡行走
唯看山是最奢侈的事情
娃娃和老人相约
步伐偶尔出奇一致
之前曾无数次从蚝乡湖经过
今天携家人慕名访探
这个正在修建中的乡镇公园
仅用不到四分之一的时间
便已焕然一新

闭上眼　展望几年后的画卷
历史的风景又会以何种面貌出现
我们一行六人排着整齐的队伍
在错落有致的铁架桥上
微笑嬉闹着摊开一地阳光
湖光微微　碧空万里
我们合掌向湖面大声呼喊
惊起满地鸥鹭
棒打一对戏水鸳鸯

水闸出水口排水沟倾吐着长长的白练
在离湖面五六米高的距离一泻而下
女儿伸出“V”字手势
“看　那是庐山瀑布”

她的声音如此清脆　明亮
好似要把此刻在蚝乡湖游玩的
所有小朋友都吸引过来

·2021年·

◎ 在茅洲河边听鸟语

在河的对岸有株叫不出名字的树
两只白色的海鸟　它们一唱一和
似久别重逢又如新婚宴尔
它们高高低低地飞着
在茂密的树叶中灵活穿梭
不离不弃　不紧不慢
我放开喉咙　模仿它们的叫声
想象它们会情意绵绵地飞到我的头顶
像影视剧中某个情节
最终双双落于我的肩头或掌心
女儿在旁边说　妈妈这样子　好傻
我想想也是　自己常常笨拙得
连话都说不顺溜
又何尝懂得这鸟语啾啾

·2021 年·

◎ 燕罗湿地公园

四十年的秘密和歉意
都随那些黑、臭、污、浊远走高飞了
从头到脚　绿水青山就是金山银山
倾情演绎　阳光下从未有过的心旷神怡
颈部到腹部　各条支流的净化延展
一部在南国的驯水记彪炳史册
河流背后的每一个名字都熠熠发光
汗水　泪水　智慧　力量　魄力与希望
传承未来　生命不息

河流的消化系统日趋精美
河水流经之处　那些植物动物
所有特定建筑　它们的心脏
一齐扑通　扑通　如新娘娇美
脸上挂着红润和满足的笑
在燕罗湿地公园　南来北往的人们
步履再轻轻　还是惊醒了池畔的花
鱼儿们顺着水流　偷偷回到
岩石下不被打扰的家

·2021 年·

◎ 粉美人蕉

一株株　一片片　一排排
这么多饱满　粉嫩　翩跹的美人啊
哪怕同你们任何一个对望
我都会惭愧得无地自容
我曾追寻一场来生的梦想
要做个名门闺秀　不仅美丽多情
还要才华横溢　善良优雅
你们个个如此明艳　高贵　自信
你们所处的位置明明有限
扶携之处　却相互支撑得井井有条
人们伸出手触摸　拍照　似乎都是罪过
既然带不走你们中的任意一个
那我就把自己的心留下来吧
在你们柔声细语的问候里
把它长成一株
人类的粉美人蕉

· 2021 年 ·

◎ 问龙津石塔

史料　公元 1220 年盐官周生建
莲花落雨　氤氲如歌
那时人们叫你什么
花塔公　风水塔　妙音佛
还是沙井河上的镇妖大神
筑一本深圳最重的“石头记”
八百年来　你手中慧剑
斩断多少烦恼丝
鸣叫几朝风与云
四坡水　防火檐　宝珠尾　壶门身
浮雕半身佛　普照四十二字经
人们从四面八方拥来
遥望　描画　述说你的传奇
方形竹节角柱须弥座
银光砂岩豆缵尖塔顶
导游的岭南语跳跃如雨打芭蕉
我多想伸手抚摸你
像抚摸故乡祠堂的那座菩萨石像
它从何处来
如今可安在

·2021 年·

◎ 入岳麓书院

“惟楚有材　于斯为盛”
我们耐心等候前面游者留念合影
并适当予以力所能及的帮助
弦歌不绝　楚地学脉延绵
暮鼓声声　爱晚亭终不得见
我们用最快的速度穿梭于石碑　砖瓦
孩儿对那棵一百一十年的老樟树远远地招手
咯咯的笑声落在青石板上
明日隔山岳　何时复还湘
人杰地灵　多少大儒奉献热血情怀
实事求是　几多伟人到此挥手激扬
我多想怀抱孩儿就居于此院落一角
不思南国粮黍　拒谈下半生何以为家
只想透过窗台　聆听诸子朗朗诵读声
看先生的胡须刚好长过戒尺
他们从唐宋走来　在元明清中洗礼
承载三千年荆楚潇湘精神光照神州
而我只能继续漂于南方一隅
如书院般　十起十落

·2021 年·

◎ 在李自健美术馆外

洋湖湿地　湘江之滨
国内外较具规模的公益美术馆
星云大师亲临奠基
这些名号有多响亮都遮不住
星城五月已开启的火炉功效

心灵空间穿过“水上音乐厅”
如梅花谷主毗邻“净心岛”
各种艺术书店　文创超市保持互动
却异常冷静　在艺术之外　恪遵行规
黑天鹅固守地理空间　秋千上乱红飞过
风轮水车释放一个个孩子孤独的密码
冰淇淋三秒钟在脸上开花

小长假日　各地的朝圣者蜂拥
我们是一支完全外行的队伍
从一岁到六十五岁
隔着警戒线　安保巡警英武威严
我们都努力伸长脖子朝里面探望
幻想无数经典作品的那面墙
共同闪耀着出入世的光芒

·2021 年·

◎ 橘子洲头

红　是中华民族的生命色
红　在这儿随处可见
中国第一洲见证苍茫的沉浮
网传今日十万人登洲
湘江日夜北去　悼怀多少风流
伟人傲骨昂然于洲头
这人潮与盛世可曾负他泪流

婆婆说这是她第三次前来
湘江水暖　可环境变化太多
怀中熟睡孩儿　无论我们如何呼喊
拍打也不醒
我们随人海穿行于
各种节假日临时开设的新线路
同游者抢购三倍于市价的老棒冰
我取下镜片　看湘江浸染过的血水
它曾有过多少泪水　而今就有多少汗水

为能顺利搭上返程观光车
爱人从垃圾桶中找回了我无意
丢失的那张入园票　汹涌
放眼望去无尽头
只有湘江两岸高楼耸峙
我努力闭上眼睛　仿佛看到

十九年前这洲头的寂静与荒凉
却怎么也想不起　那年那月
是谁与我同行　来过这橘子洲头

·2021 年·

◎ 橘子洲头赠隆弟

你瞄一眼长长的人潮
淡淡地说　能陪你们随便走走
也是好的　这也是休息哈
从长沙到深圳　从深圳到长沙
也许我走过的不止十九年
望着身边人　我什么都不能说出呀
除了怜悯和怀念曾经那些年轻的灵魂

可我们还是抛下了你
在一艘商业化的游船上
茶饮　包间　名家现场书画秀
多少回拍价声过去　人们静如处子
高雅艺术在这游动的空间略显另类
远望岸上　鸥鹭齐飞　人头攒动
人们纷纷举起手机

游船提前靠岸　我们看到你
安静地坐在出口旁边等待
你伸出手接过我怀中的孩子
问我想吃什么　犹记童年时
两岁你就趴在家中地板上
要我们教你认字　好像写得也不赖
四岁时你最爱唱《潇洒走一回》
常披防脏款老地主式的系带套衣

唱到高潮时留给我们一个经典背影
五岁你上了一年级　而后跟随父母
辗转五六座城市　年年考第一

你从北京一所著名大学毕业
却去了益阳安化一个小镇
每前进一步你都付出别人几倍的勤奋
你总说是自己不够努力
你的那些同学实在太优秀
如今你说最要感谢的就是在那个小镇
曾学会的做事与做人

漂泊南方二十载　身为长姐
本以为我出来打工后可以为你们遮风挡雨
却未承想自顾不暇　受尽天涯苦楚
可惜我未能像你那样用心体验世态人情
耐得住寂寞　不屈不挠地摸爬滚打
这么多年　相比先烈和英雄的花朵
你总说　我们没有资格去评论悲伤
有时你会笑我满身孩子气
也唯有你
总相信我终会拥有一个天真空灵的人生

·2021年·

◎ 可园时光

用时光洗去铅华
用少女的妩媚
用少妇的纯真
十二年已有更多的
喜怒哀乐
关于故事的吸引力
已有太多不可能
还有谁会记得那个
承诺带我们
去可园的人
我们习惯在一座城
阅读另外一座城
它们互为邻居
却鲜少交流
历史演义各种版本
最让人震撼的仍然是
风云变幻下的相爱相杀
一条河的岁月
一座桥的温柔
一个园的承诺
它们让我默默地想念
并默契地接受
时光飞逝后一切的不可能

·2019年·

◎ 可园画韵

画师风骨永留存
现代人充满好奇心
如不小心触摸
那些灵魂就飞来调皮拍打
走过擘红小榭
张家主人正与三五好友
吟诗作画　微风拂来
绿柳映照如眉黛
湖心荡漾
红妆底下山色秀
谁家女儿最多情
唤得渔翁过可亭

· 2019 年 ·

第二辑　忘却营营

◎ 希望

他要的人与社会　同自然那些独特的关系
他要的和谐两性　爱的文明
他伪书的世界大战剪影　流浪　跋涉　祈祷
最后客死他乡的工业革命　疾病
他天赋的敏感　爱过多少个善良的人
他短暂的旅程　他幸运之至的那些惩罚荣耀
这一切都不会影响我　去成为他形而上的暖光

人们看到的肉欲盛宴和着红尘外的生命质感
逃离这些需用面具去颠覆的文明与正义
势利者的财富　携手在太阳下的吹捧
真的勇士已被遗忘　我们出生相隔一百多年
仅有颗脆弱的心赴约　我们享受磨难
砥砺世俗的流言　像逃脱一场世纪沙尘暴
我们把热爱锻铸成一张信念的帆

我们只要安宁　抚摸　如世间婴儿般洁柔
抚摸　抚摸　抚摸　相爱　相爱　相爱
抚摸成劳伦斯那首“废墟上生命的抒情诗”
抚摸成国家　世界的战栗　白色的檄文

一百年　这断裂的时光之书　记载的道德底线
我们注定在某个点碰撞　力的瞬间　长吻
我们用爱人的悲悯　弹奏　这碎片的糅合

让我做你的爱人吧　我这不完美的躯壳
这裸露的心脏　这心脏一敲便散的悲凉

我泪流满面的抚摸　你那于无声处的托马斯
我自惭形秽的抚摸　我那苛存于世的珍妮
我们悄悄坚守　虽然暂时不知什么时候能聚首

“我们头颅低垂　但心里充满希望”

·2015年·

◎ 月光下

三月　掀开少女的梦境　它们骑风筝而来
那些在童年走散的马匹　驯鹿　群鸟
一位父亲在月夜整宿劈满屋的柴火
他偷偷送走第三个刚出生的女儿
没有什么可以阻挡迁徙的灰雀相知相惜
在旧天堂书店的等待　突然的趔趄　倾斜
乘着月光马蹄声读诗　远方不远
被清辉　寒风　青春　孤独追赶的诗句
一篇篇点燃叶芝的火炉　音韵婉转
我们顺着坡度自然下滑
自由落体的过程鄙夷一种加速度
让空中所有的微粒子　都敞怀大笑

想起这迁徙的一生　遇见的人世
我的爱无声隐忍　为你捋顺额际发丝
我摊开的身子爬满中年的褶子　在月光下
从未这样好好爱过自己

· *2023* 年 ·

（2023 年 3 月 27 日晚在南山华侨城创意园与紫凌儿、云影、张森、周小满等诗友，相聚旧天堂书店屋顶而作）

◎ 苦瓜藤

这是城市中的一座工业楼
这是工业楼上的一畦人工菜地
这是人工菜地中的几株苦瓜藤
疯长的藤蔓只用几天时间
便攀爬搭建好一所深绿色的房子
它们努力思考着新生　喊着整齐的号子
仿佛世界上其他一切都无关紧要
我们看不到枝叶下的枯草　蜗牛　蚯蚓
大雨来临　太多被迫私语　奔逃的蚂蚁

雨水淅沥　欢唱诞生的痛苦与甜蜜
为城市输送着清凉的胃液
几株西红柿留下来的竹竿　摇摇欲坠
几株辣椒秧　开满白花　结着青青的小果
一株莜麦菜在低劝长褶的秋茄子
真话总需圆着说
它们统统隐藏在苦瓜藤的怀抱
它们彼此倾诉什么不为人知的故事
种菜的人走过说　这苦瓜藤真苦啊
长势这么好　为啥就没看到结个苦瓜嘞
每当夜深人静　月光如水
只有一群饥饿的蚂蚁在交头接耳
既然这般苦　为什么要结果呢

·2023年·

◎ 月光 · 湖水 · 女人

月光湿润　洒满建筑中的庙宇　浮雕
夜晚的路灯比白天更善解人意
橘黄色的光晕一圈圈如女人裹紧的披肩
从贝尔漫酒店到东湖
三五公里　路人牵手　窃窃私语
偶有游者往湖水中抛几块小石头
回声叠叠　湖面微微泛起一阵笑意

我是这般深爱着　我们能在一起的夜晚
我的孩子推开酒店房间的小窗
他们在床上蹦跳　姐姐教三岁弟弟使用马桶
他跷起脚　踩在小卡通板凳上
他一边吃麦当劳　一边喝着矿泉水
举手伸向天空　妈妈　那是大月亮
我含笑倚靠窗角　让月光擦干泪水

整晚　我悄悄倾听湖水的心声
它们平静外表下迂回的秘密
我如此渴望一场陌生的　热烈的爱
一场毫无禁忌的爱
像远方大鹏湾畔的海水侵入我骨髓
让多年干瘪的细胞跳入此刻的东湖水
在某个隐秘角落沉默　欢畅　悠悠荡漾

· 2023 年 ·

◎ 银色屋子

在沙井共和生活了这么多年
她身边这条叫新河大道的马路
现在变得越来越宽广　现代化
一切都朝着预想的方向发展
月光肆意倾洒　车水马龙成调
女人孤独地住进银灰色的屋子

她发呆　常与天上的月亮说话
父母发来微信　漂泊一辈子的他们
在六十七岁这年　隔三十年　又重新盖起了新房
并且　在邻人的推介下寻得几方好板
请老木匠为自己做好了百年后的寿屋
父亲笑说　按传统风俗　这是件喜事
晚辈们都要发个红包以示祝贺

今晚站在阳台上　都是这个月亮
它银色的光照耀着老家父母的新房子
照着他俩新上油漆的寿屋
也照耀城市万物　世界都泛着黑白银灰的光
她知道多年后　月亮依然不变
但她再无须像父辈般寻块好板给自己做一副寿屋了

无论何种辗转　迁徙　故乡吹来什么样的晚风
她知道内心珍藏的豆粒再也回不去了

看不到童年失足跌落的水井
井水漫过头顶　月台上传来小伙伴丢沙包的声音
那时月亮会带她的灵魂回到银色的家
兄弟姐妹围坐在炉火旁
听说父亲要从遥远的城市打工回来
矮小的母亲一边在厨房忙着做饭
一边穿着高跟鞋踮脚　不停偷偷往外看

·2023 年·

◎ 月亮带她走

午夜时分　无数城市早已万籁俱寂
而深圳这里的烟火　似乎一切才刚刚开始
深夜突然迷茫的女人
她想偷偷到一家烧烤摊旁边坐一坐
又害怕老板问她　您想吃点什么呢
她什么都不想吃　总是觉得很饱
她已忘记从何时开始便没有饥饿的感觉了
人们姿态万千　放肆酣笑　烟头堆得像小山
空空的酒瓶敲打出无数音浪

月亮躲在凤凰树和木棉树的后面
代驾　外卖　下夜班的工友
榕树下不肯收摊的十元理发师
他们风一样穿过大兴二路的路口
女人呆呆地站在金福苑和凤凰大厦的中间
卖凉茶　治百病的白胡子肇庆老爷爷
骑着他的小三轮车要回家了
女人突然在后面拼命地追呀追
她一直很好奇老人家是住在哪里
和谁生活在一起
她用力奔跑　像寻找心中某个重要的东西

她累了　猛然抬头
可以看到月光下她的家

小窗口的灯灭了　阳台上的坏灯报警似的闪烁
两个年幼的孩子　病逝的公公　忙碌的婆婆
世情让公司有足够理由为员工制造压力
失业半年　不停刷手机　打呼噜罹患肥胖症的丈夫
她脱掉鞋　坐在马路边　想哭
却又不停对着那些经过的电动车主微笑摇头
她觉得自己早已无家可归

在这个路口　只有月亮跟着她来来回回

·2023年·

◎ 月光·女人·狗

清风明月不用一钱买　这是最经济的生存方式
人生的路不长　重要的就是那几步
也许太冷　或故意　女人总是一步一步地走错
她那么渴望爱　却从不敢大胆去爱
像那些马路边　桥底下　被主人随意放置的汽车
哦　她有时想放开一切　向月光下另一个自己
狠狠地撞上去　她需要一场漫不经心的痛
把身体　骨子里的呐喊和挣扎区分开来

一个年轻的女人　在午夜时分出来遛狗
狗在草丛里撒野　迟迟不肯离去
莫非它也听虫鸣　捡月光　偶尔会厌倦
主人的芬芳　出门找找屎壳郎
年轻的女主人用力拽它　带着它跳舞　绕圈圈
仿佛两小时前广场舞音乐还在这儿回响
月光下　那只狗狗和她对视了几秒
狗狗着好看的裙装　它的主人吊带加拖鞋
她们抗不住冷和越来越虚无的陌生感
人世间　她们都有自己的手脚和宴席
无事　就一个人举杯　累了就轻轻舔血
她们是自己的诗人　在这个月光下的路口
“头顶星光灿烂　那是多么遥远的一地鸡毛”

·2023 年·

◎ 抵触

他把他的名字重叠着
他把他的故事描绘着
他怎么可以把他呈现
关于他们　往昔
有些乱世草莽的传奇
也许我知道得太少
也或许不该知道得太多
除了一个“忙”字
他还可以用什么来证明
我同他们　不是一路人

·2016 年·

◎ 不完美及其他

也许我们都还偷偷地孤独着
像超市那些被捆绑的螃蟹
被选购的人们明码叫价
入秤的斤两　被迫蒸煮
蟹香味留唇　小小的关于爱的渴望
和一些轻描淡写的忧伤
我们以为彼此都还懂得
闯过一片自留地的禁区
现实召唤些许悲凉
人们拥有的美都是略有残缺的
我多想你可以再多说几句
笑笑说别对一个认识的人
没完没了地表白
你说他有什么好
你说不如看看一对陌生老人的守望
今晚的夜透明的白
你说没有玩笑　我说如果再次相遇
我会哭着笑场　那首叫《十年》的歌
好久不见　永远不见

· *2017* 年 ·

◎ 感与憾

我不想在深夜里哭泣
你访诸人间　却不曾回头
那时我踩着你的影子　亦步亦趋
以为你说爱的就是爱的
小小一声叹息　都是我的珍宝

这虚妄中片刻欢愉　我已不可随心去爱
你拥有绮丽的幻梦　我如此悲悯
噙泪的眼眸　静静对一支烛告白
所有倾吐的光焰　于晨曦中消投
薅去那片苦痛的回忆　你不再隐藏

他是你的玩伴或者朋友　因喜好而结合
这南方的飘零　如此情深意长
我柔弱如句点　只为你灵魂的救赎而作
最先爱上的　我情愿自己能如你们
被斟饮逾于欲望　那被击破的苍白

是处子之光染
而非这害人的光彩和美貌
生也如此　随年岁幻化　揳入的爱人
再也无从携遍亲谈的缘分
我这苦楚你无从懂得

我再也没有勇气
执着于你眼睑　散落于瞳孔之伤痕
说你爱的我真的爱　这生活的幽泉
这风吹过天际　我的爱于永恒中
沧海一粟

·*2017*年·

◎ 清明节记

没有雨　和传说中的酒家
天气预报显示这城
会有些许降温
肉眼所及无杏花沾衣
悄悄地坐于一隅
仿佛长时间思念的那些亲人
他们都会静静立于我们身旁
这是我们的“寻梦环游记”

朋友圈晒满清明节的照片
祭祀　供祖　踏清　焚香　祷祝
有的还特意拍些幽深小径
晒出他们一起走过的亲人
红砖小屋　菜花儿黄
薄荷草香　灯笼花儿开
池塘边疯长的几株柿子树

你说老家就是藏于青山绿水中的
那场诗意栖居
当你老去　你说
一定会回来
静卧于葱茏一角
广东　湖南　湖北　河南……
这个清明　你要走遍

三分之一个中国
那些沉睡的灵魂
那些失散多年的亲人
终于都会再次喊出
你的乳名

·2018年·

◎ 致刀尖舞

五个人驾着一辆四轮马车
他们穿过一些陌生的街道
对于这么多熟悉的霓虹灯
他们总故意装作漠不关心
教堂的钟被拔掉了秒针
他们放肆地说失败者不属于
那根分针的范围
从四面八方走到这里的人们
他们都穿着红舞鞋
在日渐缩小的舞台上
人们慢慢踮起了脚
头顶上的幕布是无声的
那些公正和善良的美声
这个时候显得弥足珍贵
等头上的乌鸦飞过
等地上的污水流过
他们有的人仍然努力旋转着
没有停下来

·2018年·

◎ 瓦尔登湖之可不可能

种什么样的印象果
来喂养日渐健忘的脑
和饥饿的胃
你想努力活成安静的模样
哪怕最近的灰尘也不忍打扰
用足够纯善　去安抚天真
你不可能像梭罗一样
在瓦尔登湖旁建栋小木屋
你不可能有勇气
驾驶小船一人去到湖中心
探测湖底最深温度
你不可能独自深夜一人徒步
穿过茂密的松针
那些远道而来的诗人和农民
他们送来刚出窖的美酒
懂你的人　在炉火旁打盹
你们打着拍子　谛听雨乐
你可能只是很喜欢《瓦尔登湖》
你想在隐秘的胸口种一座桃林
也想突然地走向远方
无意到达瓦尔登湖
向梭罗借一件丑丑的斗篷
来悬挂于你此刻的家门

·2018 年·

◎ 背影

你伸出手　握个手吧
不会知道我缩回去的手心
还留有两枚硬币的余温
也许你不会懂　我为何拒绝看你转身
以为黑暗就要穿透两颗无依的灵魂

那些熟悉的影像
渐行渐远的眸子
在南方的枝头缓缓凋零
时间舍弃了一些无花果树
月光游离　叶子在原生态的忧伤里萌芽
你伸出的手是在为爱情张望吗
还是想让一刻接触的瞬间
来把后半生的孤独和创伤抚平

泪水是一串没有乐感的音符
我们在哪一站停泊　哪一处便是旋律
南方没有怜悯
施舍的爱情终将不会长久
风起时　街灯亮了
飘飘荡荡的影子
在我们的心海里　重重叠叠着失眠

·2009 年·

◎ 安静

亏欠的　逃离的爱人
别打扰我
圆形的　长方形的
触不到的天空棱角
那些飞舞的光影
依偎着尘埃小憩
今天只有她一个
在这儿低低地忙碌
悄悄地忏悔

·2006 年·

◎ 这一生

这一生
你没有走向海
你试图向往的浮世躯壳
那些虚妄的赞美
正不怀好意地相互问候
你以为那些都是爱
正披星戴月地朝你涌来
你感动的某些瞬间
它已悄悄挂于
陌生姑娘的发际

·2016 年·

◎ 袖角

颜色清冷　泛黄　像张着无言的嘴
困倦　如同主人憔悴的眼眸
轻轻碰触的一串音符　皱褶开始跳舞
那些感动的曲韵悠然
你的脸影　在袖角闪现
双眸还如往昔般楚楚情深
我如此努力不让你的名字从喉间涌出
不断无意识地抚弄
我的手指弹过那片袖角
腹部的暖流　未复原的妊娠刀口
我们曾许下的秘密　就快抵挡不住
他们如此纯善的眼神

·2016年·

◎ 另一种遇见

其实　我多么想见到你
想起你　我小小的宇宙布满喜悦
我嘴角不经意微微上扬
和遇见你后的所有小俏皮
我的胸膛　轻轻跳动　那悠悠的光芒
悄悄爱你　却无法说出口
我也并不想让你知道
这会给予我多少欢乐幸福
那是夜晚比繁星更亮的期待
那次美丽的邂逅　或许你早已知道
我仿佛触摸到泰戈尔献给神的祭礼
吉檀迦利　吉檀迦利　你这飞鸟朝月
正带来祥和的风　玫瑰色的天空
是爱情将至的吉兆　我长久昏暗的心房
从没有如此被点亮
这遇见　是你搭建的最好的花圃
我品尝琼浆玉液　从冬天走向春天
从此　一切都充满慈悯　怜爱　和平
我喷洒你这心灵的甘露　送给温柔的草地
百年后　我依然这么悄悄爱你

·*2017* 年·

◎ 理想的伤怀

——致苏首飞

把内心最柔软的部分
透过一层薄薄的眼神
煮酒漂泊 写意质感
用文字印象唯美孤灯一盏

你那瘦小的身躯
飞越新世纪的疼痛之旅
从乡村田埂到城市立交桥
把南方的躁动和书写
与故乡的血液与尘埃合二为一

那些浮润的光泽开始在额头闪烁
是诗人吧　还是普希金式的灵魂之王
诗歌和语言的纰漏里　人们说这里没有爱人
阳光下有几株狗尾草正冲刺着蒲公英的欢欣

泪水和酒精一起被提炼成珍珠
每一行触摸　都滚滚入怀
我们害怕再一次读懂你年轻的忧伤
那些流水样的梦境　绝对不是你梦中那个敞怀
而姗姗来迟的红衣女子

·2009 年·

◎ 丑姑娘之歌

普吕多姆　你睡醒了吗
好想知道　你那俊俏的脸蛋
结实的身板　你年轻时有没有爱上丑姑娘
你的善良与公正　会不会让你无意间小小受伤
这两百年来　多少美艳把丑陋嬉戏
一想起你啊　我的灵魂忍不住涕泣
我卑微地偷偷转身离去
我渴盼着你的眼神剑光
割断来自地狱的绳索　我深爱着自然母亲
那天生的丑姑娘　并不能令我轻贱自己
只是　他们还是夺去了我为之奉献的爱情
我曾经害怕那种羞辱　孤独让人窒息
我的丑姑娘　她不敢轻易放下奢望
普吕多姆　她一个人　身无分文
从遥远的故乡飘零异乡　她的亲人　爱莫能助
她天生近视的眼睛　阻挡那些恶劣的嘲笑
在所有以工业为代价的厂房里　那天生的丑姑娘
她自尊自爱　勤勤恳恳　从不向往那些假面舞会
再三谦忍　终究难抵捉弄和蓄意中伤
普吕多姆　两百年后　你的容颜是否仍然美丽
这天生的丑姑娘　她在两百年后把你深深爱上
她从不做过多祈求　只想你偶尔给她一个微笑
你说丑是美的姐妹　虽失之相貌　却得之心灵
她大大的眼眸充满憧憬　她的声音很甜美

她乌黑的头发　轻轻滑过好心人的目光
她爱着老者　年轻人　病中的婴儿
普吕多姆　两百年后　只有你懂得她像个孩子
有着天使的微笑　了解爱　珍惜爱
如此纯善　感恩

·2017 年·

◎ 你们睡了

——给爷爷奶奶

这个山坡曾经向阳
奶你说　你活着时太胆小
等你老了　要找一个躺下
可以眺望阳光和远处的地方

这个山坡不再向阳
坡下谁家的翠竹竞相飘摇
曾经空旷　收获的田野
而今种满了高高的屋舍
那遍地金黄　和挑担的农人
奶你说　他们如今都去了哪里

这个山坡会不会太小
奶你说　爷懒于清洁
你年轻时都不想同他睡一间房子
十年后　可他还是要来紧紧地挨着你
这小小的土堆下面　你们会不会很挤
如果偶尔争执　爷　你让让奶
我不想再看到奶偷偷抹泪的样子

这个山坡会不会太冷清
这荒草繁盛

又可抵挡几回人世风雨
奶你说　曾经满屋的儿孙都在天涯
没有了你们守护的家园
他们总是如此凄凉

·2017年·

◎ 细碎亮光带我们走

我们不想驱赶某种烈性事物
任由时间分隔　并送上节日的问候
也许在某个时段相爱　疏离
还有一些被搁浅的心事慢慢沉沦
我们也许在这个秋天独自迷路
仿佛对谁的想念都缺乏真诚
逃不出的秩序　热闹　生旦净丑末
我相信他们说的真理
是基于事实的演变和发展规律
我看到一些伸出去的手
在某种外力的拍打下　轻轻缩回
我看到夜幕下的城市如此饱满
那个膨胀的胃偶尔翻滚的酸涩
人们多想回去　回到原点
那时时光亲切　众生温暖安好
呼朋引伴　虽然那时我们还
不懂得拥抱和亲吻　记忆中
那个童年的晒谷坪长满荒草
那些铁环和沙包在飞舞
那时我们清脆的笑声在飞舞
而今我们在这里　即便想回去
却没有勇气说出口　在他乡
这拥堵的长龙　我们和岁月赛跑

·*2017*年·

◎ 路桥，十里长街夜

细数楼前的灯笼　细数我们
牵手走过的石板路　冰冷　寒噤
它们在夜雾中散发橘黄色的光带
这是早春的路桥　年关将至
长街微微荡漾　夜行人拥衣而过
宋时“人物渐繁　通商贸渐盛”
我们闭上双眼　有些寂静的温暖
听听历史的喧哗　同古人擦身问候
走千里路　与你今夜相会伴
我眼中的蓝光因你　同长街一起闪耀
福星桥上　你在我耳边呢喃
我喜欢你　桥下待嫁新娘的船只
在风中自然摇摆　我如此欢喜
长街一侧传来阵阵麻将声
和古老的二胡声　我已记不起
你出的那个上联　只想和你牵手
从南曲街　慢慢到河西街
仿佛就要与你相守一生至老
偶尔我会偷偷踩着你的影子
你突然不经意回头
我却飞快扑向你
月光下你眼中的宠溺如初
如果能永远这样该有多好
我有孩子的模样　你有内心无瑕的真

我想好下联却忘了告诉你

“长街衔月影　絮语踏足人”

·2018年·

◎ 午睡的阳光

生活偶尔的丢三落四　就是一幕印象剧
未合缝的窗帘　阳光钻个空子　幸存者的荣誉感
从王者的桂冠中剥离　抽丝　折射线焦点
爬满床沿　清透明白　我本能地把小腿拱成弧状
洒落的热或悲凉　缥缈着默哀的曲子
当我们没有醒来的时候　圣洁的温暖
肌肤相亲　像一次工业革命幻化成型
我们一同在这个午时躲躲闪闪　生活细碎的脚步
无法让人睡去　屋顶苍白冰冷　活着有力量
无限放大的眼眸　开始旋转　光影亦进亦出
迟到的夏天　开始失业　监工　迷路　恋爱
禁止标语　祝祷那些莫名的死亡　生的火花
谶语流传　劳伦斯已投入托尔斯泰的战争
并以戏剧性的结局收场　我们这边的舞台还未搭好
某个正常的工作日　一个丰润的女人同阳光午睡
其时是多么不正常　这光的无声
那无声的光　这光的脊梁　这家的伙夫　造物者
它无声地抽泣　抖动成一张布满诡异微笑的脸

·2016 年·

◎ 怀念

长期以来　我是多么想念他们
身边的人们懒得倾听
我也找不出理由对谁诉说
我每天按时上下班　打卡　加班
累了　回家　同五岁的女儿吵吵嘴
偶尔望着角落里的一本书发呆
我总是不经意就想起他们

断指的张守刚再也不写工卡上的日历了
在美丽的故园　他带领孩子们守望心灵
2006 年 12 月某晚唯一的一次电话
至今还记得他说我写的《工衣》有些与众不同

白领丽人许岚兄弟再也不《流浪南方》了
生命中某次相遇　如果是老天的安排
他说他想同李白喝酒与东坡起舞
告别杜老的草堂　眉山终留他的千古情

躬耕的《蚯蚓兄弟》依然勤劳不辍
帅帅的罗德远总让《丹荔》飘香
多少回失意时想起他阳光的声音
我知道　生活中还有太多莫名的感动和坚强

《在城市啃麦当劳》的徐非如今你在哪里

你那件肥肥的西装是否还荡漾着可口可乐的微笑
我们的电话不过一场关于生活的肺结核
贫血　充满咳嗽　像离去爱人的叹息

《裸睡的兄弟》　母亲身体中那永远的一滴血
多么让人安心和温暖的名字啊　李明亮
让故乡的植物　马灯　在异乡生花
愿你的天空永远晴朗　奋发的情怀永不停歇

在纪念碑里　望一眼就让人心动的何真宗
在十色书写里　悄悄读懂人们内心的马忠
在生存的隙缝中　无处不是诗的唐以洪
在装修高档的空间里　居无定所的程鹏
滚滚红尘里　忧伤的少年诗人苏首飞
…………

长期以来　我是多么想念
没见过的他们　或见过的他们
无论心灵的悸动来源于一首诗
一个电话　或一次漂泊的旅程
身边的人们懒得倾听
我该如何　如何对你诉说

·2015年·

◎ 我在西环路上等你

我在西环路上等你
同自由之神惠特曼一起
我不能像他那般坐着眺望　去感受
世上的忧患　压迫　以及痛苦和卑劣
我一直站着　推一辆无名单车
我的身影　重叠在无数个我的身影里
他们流水一样地滑过　眺望这些陌生
我不能痛苦或者偷偷哭泣
在你还没有到来之前　我必将忍受所有孤独
多少年来　我一路走着　同惠特曼一起
看到　听到　并且保持沉默

我在西环路上等你
也许我已穿过了那座虚空的花园
一栋太子酒店　空心的广场
还有二十年来　我睡梦中的那座电影院
它们属于外部的王国　西环路在兴建一个未来
关于一个小镇填补的山水世界
电子中心　西部工业城　海上田园的路上
教堂的钟声响起　虔诚的人们在接受洗礼
我却不能停下来　我的单车载着全部生活
从路的起点到终点的翻滚与奔波
沿途的风景　用古老的文字写着
兼容并蓄　阴阳相交　继往开来

我在西环路上等你
用尽三分之一个世纪的分分合合
等待流光飞舞后的《边塞曲》上演
我还预备用尽下一个三分之一的世纪
等待与你的一个拥吻　一次长久的凝目
我无法再忆起当初被遗落的恐惧
我每天心无旁骛地出发　行走　转弯
在无数个红绿灯处淡然回眸　刹车
炫目的晨光照耀　那些苍白的浮游物
变得深不可测

我在西环路上等你
同自由之神惠特曼一起
我不能像他一样去歌颂战争和平　阶级的伟大
也不能像他一样去守护平等　信仰的征程
更不能像他一样坐着眺望全部人类的渡口
我只能站着　每天行走　推着我的单车
让被抛弃的焦虑开满芬芳的花朵
直到某天你在某个路口出现
满含深情地向我招手
我该用怎样的狂喜去迎上你

我在西环路上等你

·2015年·

◎ 问候

年末最后一天上班
在这间办公室
我是最后一个离开的人
我用无比温暖的目光
一一探询屋里所有的物件
我想留给它们的不只是背影
我再次伸出手
抚摸那些盆景和窗台
有些新添的水珠在盈盈欲滴
空气中被归的讯息填满
时间碎片一秒一秒拉得渐行渐远
四周如此寂静
我仿佛听到耳边嫩芽破土的呼吸
别离　没有什么可需带走
我拾起桌上的那本旧日历
一月一月地掀开　让昨日重现
与那些圈圈点点再次会心微笑
就好像与曾经的往事一一问候

·2019 年·

◎ 怀念一条蛇

——记三件少年往事

大难不死　必有后福
孩子都是吓大的
我斗胆承认　这质朴的真理
它们像一道又一道光
照亮我们年少的河流
像长江　黄河一样深入骨血

那把菜刀忽然脱离木柱
锋利的刃
垂直九十度朝我头顶降落
脚下的水泥地板
被砸了一个深深的洞
我许久才忍不住摸摸微疼的头皮

那些孩子都在坪上玩沙包
他们的声音完全淹没了我的呼救声
月楼下的那口井把我深深浸泡
我无法出声　是什么力量托举
掉落的水桶怎么就浮起来了
他们一直在丢沙包　来回跑
似乎没有人留意到我浑身湿漉漉的
穿一只凉鞋　打一只赤脚　拿一根扁担

从他们身边诡异走过

它是谁　从录音机后面探出身子
为什么一动不动地看着我
我在读语文　还是历史
也或许在做让人头疼的数学题
我不知道那会儿在思考什么
于是　我也一动不动地看着它
至今也没有人相信
十一岁那年　我曾与一条蛇成了朋友
感谢它当时没有伤害我
而今二十多年过去
我突然很想念　这一条蛇

·2020年·

◎ 鼠印

上班经过一条窄巷
发现不知从哪儿冒出几只死老鼠
这么多晨昏　无数车轮
从它们鲜血淋漓的身上一次又一次碾轧
最终连骨头也熨帖得平整
与地面紧紧吸附为一体
像一张张灰白的地图
在用尽最后的力气
伸展扩张自己的版图
有的残留着半个脑袋微微前倾
我骑着电动车刻意绕过它们
可总忍不住频频回头
那个脑袋仿佛向我张开了嘴
却什么也喊不出来
而终于有一天
我也自然不再刻意绕道
从它们灰渍的版图上
一次又一次地轧了过去

·2020 年·

◎ 你好

他们说我最近面色红润
笑容温和　谈吐愈加文雅
偶尔流露出孩子般纯真的眼神
像十六七岁怀春的少女
明媚动人

都是　因为你吗
让我有了不可诉说的心事
像梗花的传说悠远绵长
它们偶尔跳跃着
露出比窗外盛开的长春花
还要粉嫩的娇羞

·2020 年·

◎ 你坏

每次我对你说
黛玉对宝玉到底有多爱
多痛　多绝望
才能在生命的最后喊出
你好　你好　你好

你总是不说话
或者总是跟我同一时间说话
在我偷偷想抬头看你的时候
突然回我几声
傻瓜　傻瓜　傻瓜

· 2020 年 ·

◎ 献词

南来北往　太多离别与重逢
2020　或者 2050
宇宙包裹着那粒跳跃的小病菌
人世过于真诚和渺小
说爱恨都显得可鄙和下流
拉拉手　世界都是好朋友
那么多闪烁荣光　汹涌　自我解剖
那么多执拗竞洒　狂热　踏血寻梅
生命泛着孤独的光芒
像个饮鸩止渴的孩子
所有的热闹都是假象
流浪的人如此瘦弱　轻轻一吹就倒
醒着的赤裸裸的咆哮　大胆地前行
爱呀　爱吧　爱到剪刀插入心脏
一个身陷囹圄的罪人
一群无所畏惧的跑者
一大片燃烧的火烈鸟
他们曾相距这么近
却没有勇气抬头看彼此一眼
他们身后的路早已血流成河
长河　落日　丛林　海域
星辰　日月　智能　未来
是为朝霞　露水　以及新年献词

·*2021* 年·

◎ 我总是把你当成自己

我总是把你当成自己
我以为我喜欢的你都会喜欢
我以为我想要的正是你需要的
在深夜悄悄呼唤你的名字
梦中你轻轻亲吻我眼角的泪
揉揉手心　抱胸　双掌合十
偶尔对着墙壁
做些鬼脸　伸出手指画圈圈
我再慢慢地向你靠过去
看着你的照片就可以微笑一整天
你若安静　不说话
我就猜测你远方的沧桑表情
和细微的无奈　叹息
看着你　我就充满快乐
还有谁给我这么多亲切
未曾对谁有过这般明眸顾盼呀
我如此温和　恬静　鲜艳
如此跳跃　纯洁　像苏醒的花蕾
想起你呀
我的全世界都泛着明亮光泽

· 2021 年 ·

◎ 2020 最后一夜

——观影《泰坦尼克号》致 2021

那么大的一艘豪华邮轮
那么多的生命化为海水
那么深的爱情惊天动地
那么重的责任与依托
那么震撼　绝望　自然
那么美　那么勇敢
那么不甘　不放弃　不害怕
黑暗中终会传来希望的光
孩子　你这么小
偏偏在今夜要重温这场电影
电影中有我们每个人的影子
孩子　请你别作漂浮的冰山呀
它们身处宽广的海洋也自带危机
快把所有的烦恼和忧愁都沉入
大西洋吧
妈妈未曾因对你的伤害　深深道歉
愿你从今　每晚都能甜蜜安睡
愿你像杰克一样担当　坚贞　善良
愿你像萝丝一样明辨　永不放弃
愿你爱四季　爱朋友　时常微笑
每天清晨　都轻装出发

·2020 年·

◎ 怕黑

朋友圈里人们又晒起了
关于节日的问候　思念
在这个纷繁的年代
其实活着的人比离去的人
更需要关怀和鼓励
同活人争宠爱是一种妒忌
同死人比力量是两种平衡
中元节的晚上
我偷偷把家中所有的灯都拉亮
其实我并不能确定
自己过得是否会比他们好
今晚我们把灯亮着
心里为他们守着的灯
也一直亮着
我如此怕黑
不想让他们半夜回家
而突然吓到我

·2018 年·

◎ 遇

从知道你名字的那一刻起
我就那样偷偷地爱上了你
把无比的欢欣　喜悦和甜蜜
悄悄藏进心坎　不让任何人发现
只为了你梦中粲然的一笑
只为了与你相会的期待和召唤
那片漂泊受伤的土地
岂能灼伤我坚贞的热情

我义无反顾地寻找
穿梭在记忆的街道和公园
这个曾被我诅咒过的城市
而今全都变得熟悉　可亲

你的面容就那样突然出现
彼此的拥抱终不再陌生
从此我将遗忘你的名字
如果你的全部属于我

·2006 年·

◎ 起风了

起风的时候
人们多说是故事的开始
如此刻上海某街角
落在诗人陈莫胸口的一片落叶
呈蝴蝶状　在她的衣襟
扇动翅膀　带她飞翔
可我总太易于看到故事的结局
没有勇气反向行走
如此刻脚下千百片落叶
形态各异　一碰就碎　却都心如止水
一个清洁工把它们扫到干枯的废池中
一个抽烟的朋友点燃了手上的打火机
起风了　烟雾缭绕
它们都在火中笑

· *2021* 年 ·

◎ 芦苇花

我们少年时代在书本上都见过的
白洋淀那一望无际的芦苇花
在作者的笔下它们与敌寇曾争战不休
鲜血　美人　英雄前仆后继
这些南国夕阳下摇摆的芦苇花
伴随时代风云的变幻　难免些许放浪不羁
它们是淳朴又剽悍的弄潮儿
与一条河流的命运相比较
也许更加懂得物竞天择　适者生存
而今它们竞相开着　由青　变黄　变白
偶尔在某处河畔　某个园中　某方屋顶
被人们观赏着　诉说着各自的幸与不幸
那些被连根拔起的伤痛
晒干后放入碎草机研磨成灰
“落红不是无情物　化作春泥更护花”
而今被铭记的柔韧与刚强
在一些虚拟的网络空间
在你们今天的嬉笑怒骂瞬间
它们不屈的头
仍然整齐摇荡

·2021 年·

◎ 从茅洲河到辰水河

一位陌生的朋友在微信群
连发送好几张茅洲河的绝美照片
郁郁葱葱　鸥鹭齐飞　航拍辽阔
置之死地而后生的一江碧水　绵延千里
我们忍不住由衷赞叹
这日夜流淌的河流
多像游子的美梦正慢慢靠近故乡

你突然很骄傲地对朋友们说
谁没有走遍祖国的名山大川
就多看你的地名手记诗篇吧
每个中国人都可能找到自己的故乡
大漠孤烟直　江南鱼米乡
东方明珠展中华神韵美
浊酒一杯叹西出阳关无故人

我笑而不语　偶尔用微信拍拍你的头
家乡的辰水河多年从你的笔尖
和我的心中静静流过
你的伟人偶像他来不及告诉全世界
狮象把水口　望云峰叠翠　白云山上九龙飞去又飞回
今夜我突然不怀好意地想你
像故乡的歌谣碎了一地白月光

·2021 年·

◎ 走过沙井蚝加工厂

你躲于老街的背后
还想对谁悄悄吐露心事
曾经的辉煌也沾染了
斑驳的味道
一辆挖土机在你面前
不停地唱着歌
那高高的烟囱依然挺立
一缕缕蚝香的烟正随风飘散
触目的“拆”字已把老街点亮
我多想走进你
在烘干车间里
晾晾许久的心事和迷茫
走上宽宽的晒场
怀抱满身蚝
把自己躺成一个大大的“人”字

· *2018* 年 ·

◎ 大宗祠的音乐

——致沙井“江氏大宗祠”

猜不出几百年来
有多少好听的音乐曾在这里响起
猜不出最大的那片蚝壳
是谁家小姐曾将它偷偷珍藏
此刻人们抚摸坚固的门柱
想象化龙出征前身后战马的嘶鸣
这青砖画栋定住几多历史虫蚁
而今　远道而来的我们
在某个糯米飘香的黄昏
深情地在蚝墙上开始弹奏
让历史的风尘洒落指尖
嬉闹追逐的孩童们
什么也阻挡不了
他们奔跑的脚步
黄泥入壳　红糖煮水
石板巷凝眸
那十万儿女的归乡之梦啊
此时却被几个骑自行车经过的阿姨
拨得　清脆　悠长

·2018年·

◎ 朝举　您好

——致沙井“陈朝举墓”

八百年的异乡
八百年的故乡
深圳西部的开拓者啊
您睡得可安稳
我们都打北边来
相遇在这个没有梅花的季节
那些现代化的洋楼把您
层层包围　深度比邻
墓石旁几株茅草伸直了脊梁
无数车辆从您周身穿过
那些五湖四海的人
在晚霞中推开幸福的窗台
悄悄站于墓地边缘的发呆女子
她拿着您从未见过的手机
多想与您通话
如果可以
我们相约作个揖吧
您讲讲八百年地下的牵挂
我说说八百年地上的漂流

· 2018 年 ·

◎ 智熙家塾幻影

——致沙井“智熙家塾”老屋

我跌入晚清的幻梦
着一袭棉布长衫
有几个淘气的邻伴
捡到我掉落的乳牙
我们一起看茂公的仆人
爬上卷棚屋顶挂灯笼
高兴时顺手摘片树叶吹奏
大家一起在院子里追赶流萤
听白胡子老先生吟诵四书五经
看戒尺悄悄伸出他发白的袖角

茂公偶尔会同我们讲他的红河传奇
轻谈法国人的浪漫和多情
关于漂泊和艰辛他却只字未提
他说无论拼到哪儿
身为华夏子孙　咱都得认根
美丽的夫人常常手持折扇
面容含笑　倾下腰身
偶尔会用她细长的手指
拍拍我们的脏脸蛋

·2018 年·

◎ 在全至科技创新园

在善良最深处　人们找不到答案
生的声音在召唤　无奈熙攘尘世
我们生下来就潜伏着一辈子的秘密

这里有我曾渴望的太阳
最小的星星也可以把我的爱情和血液照亮
无数的笑脸带来自由的火种
热情　荣光　花冠在摇篮中舞蹈
所有这些幸福的词汇　圆满　激扬
像身旁的茅洲河水昼夜不停歌唱

在那么多我深爱的人和事面前
我的孤独与呐喊迟钝而静默
惊不起秋风中的一小片黄落叶

· 2021 年 ·

◎ 那夜　松福大道

那夜　我按住空瘪的胃
在松福大道抬头凝望
从宝安机场不停升起的飞机
十点准时到家　突然找不到我的手机
我生怕错过老板的电话
或某条讯息
我从未如此感同身受
原来世间一切
都被藏匿在一只小小的手机里

那夜　我未曾来得及擦拭
八岁女儿眼角未干的泪珠
一天又一天
我不知道每个夜晚她如何度过
我没有勇气唤醒她
安慰她怎么去完成手机上的“同步作业”
老师的未接电话　微信群中的通知
你说坚韧的小无辜　敲不破生活的壳
不过一声声叹息

那夜我踩上单车　再次穿越松福大道
回到公司的办公室　寂静里寻找
谁是我的主人　我是谁的游子
夜幕里一切都变得唯诺惶恐

归途中　在松福大道偶遇一对夜行的父子
孩子闭着眼睛趴在爸爸的背上
双手环绕着他的腰
爸爸一手握着电动车把手
一手反向捏着孩子的背部

我抬头望向夜幕中的星辰
除了早春的寒风呜咽呜嚎
子夜的松福大道
因为爱　注定什么都不会留下

·*2018* 年·

◎ 像风一样行走

喜欢那些飘浮着的影子
和气流的碰撞
人行道疲软松弛
路口地铁收费站
孤独地自慰
从工业园中杀出一条高速公路
似孕妇一样行走缓慢

我们被风吹着走
阳光搅和着爱情的浮液
摩托车情侣凹凸亲吻
我们义无反顾地行走
拖鞋咣当咣当从裤管里
传来暧昧的呻吟
那个沾满油污的男子在货车里不怀好意地笑
那些像我一样的农民工兄弟
整齐划一的口哨　飞吻

我们的胃开始像风一样地行走
没有季节时分
日复一日消化过滤
不痛不痒地翻江倒海
那是一个从新鲜到熟透的过程

我们走不出那个圈的
我们蜷缩在现在这样的生活
红绿灯亮了
风卷走了我们的身体
必将在十字路口
留下我们的血和灵魂

·2008年·

◎ 春节

一　听雪的声音

一朵雪花　是一朵娇艳的梅花
一片雪花　是一幅绝伦的图画
漫天雪花　满天飘落的是什么
是千万个家庭的心口之路
是亿万归家者的心灵之旅

2008 年春天　十三亿中国人
都听到了雪在宇宙间呼号肆虐
它震撼着每一位国人的神经
也牵扯着海外友人的心

一朵雪花　是一个可爱的小精灵
一片雪花　是一出柔美的芭蕾舞
满天飘落的是什么
也许会是真情和生命的永恒
也许会是大爱无言的庄严承诺
誓死的决心

2008 年春天
人们站在异乡城市的月台
任凭雨水寒冷　手中的车票
在汹涌的人潮中　没有雪花

我们都听到了雪私语　频频让路的声音
那些英雄赞歌　不久将唱出遍地桃花开

二　大红灯笼高高挂

红灯笼挂起　胜似天边的晚霞
红灯笼挂起　挂出了火树银花
那些七彩霓虹
身材修长　体态婀娜
从工业园的厂房亲吻过石阶
缠绵在中心公园的树梢
它们一闪一闪　眨巴着眼睛
像为人们送上新年的祝福

大红灯笼　高高挂起
在狭小的视野范围内
漫天的烟花绽放出一张张温暖的脸
红纱巾下的红灯笼
有着出嫁新娘腼腆和娇羞的模样

大红灯笼高高挂起
收集了所有思家人的愿望
大江南北　五湖四海
这里有我们共同的情怀

红灯笼是家的甜蜜
红灯笼是除夕的年夜饭

红灯笼是故乡的呼唤
红灯笼也是为爱的梦想在南方
盛开的玫瑰花

三　年三十值班

与暴风雪搏击　归途中
处处有阳光般的温暖
一路平安　你是否还在寒流中翘首期盼
回家的路漫长　回家的路很近

我打工的工业园
空气中飘浮着红红的对联　窗花　剪纸的倩影
我看到了红灯笼　红飘带　发财树欢快的舞蹈
红红的利是包如蜡梅绽放
人们五彩的脸被涂上了“过年好”

一个写诗的朋友发来信息
广场那些烟花和爆竹弄疼了他的心
于是　我躲过保安兄弟的眼睛
偷偷穿过一条寂寞的长廊
索性把那些温馨的祝福和感动
统统堵在办公室门外
十指冰冷　双脚发麻
公司最后一台取暖器也已售出
我默默给身边铃声此起彼伏的电话机拜个年
我掏出一张父母的照片

连同冰冷的话筒一块
紧紧搂入怀中
我的手指不停地颤抖
最终却放弃了任何一种拨号的可能
我想把我此刻的幸福分一点点
给那些依然在冰天雪地中奋斗的身影

几张红色的 A4 纸
爬满我扭扭曲曲的笔迹
“新年快乐”
我要把它们贴在办公室的每个角落
贴在 2008 年新春第一声钟响的心坎上

·2008 年·

◎ 那夜　风把我关在门外

这是一个早到的冬天　五十年来
同期相比　这座城最冷的一个夜晚
我把半袋子垃圾送进了十米外的归宿
钥匙窃笑着轻轻地把我扔在了风中
还好　我的睡衣是如此宽松和肥厚
足以让我把自己硕大的脑袋　揽入怀里

幸好我可以等待　像等待唐代的那个风雪夜归人
爱人三分钟前说他刚下班　预计十一点三十分前可以到家

我庆幸地抬起脑袋　提着我的短裤　趿着拖鞋
像电影里面疯女人那样披头散发
在长长的楼道伪装成幽灵　来来回回
我甚至独自狂喜　这寂寥的夜晚
我把自己想象成《咒怨》中的那个女鬼
却寻不到可以吞食的半点目标

从一个家到另一个家的距离　一墙之隔
有的门口还透着光　各式鞋子横竖不分
我缩回伸出去敲门的手　他（她）们不一定认得我
而这么晚　我亦不应惊扰他（她）们
我开始幻想美好　血腥　甚至暧昧和孤单
主演全部是他们和她们

我还有足够的时间去穿越夫妻房的第七层
也或许　这个科技园有二分之一是醒着的
只是他（她）们的灯暗着
同我一起跋涉　上下楼梯的风
通过裤管　直达三角地带　羞涩此时已化成冰冷
莫非怜香惜玉原本也是风的本性

·2008年·

◎ 亲爱的　为我写首诗

亲爱的　你也说爱我
在网络的另一端　镁光灯依然闪耀
《夜上海》已曲终人散
灵魂像只垂死的萤火虫
只有情欲边缘　还泛着微弱的光

为何不能静下来　用叹息　愤怒去写首诗
为何不愿走出去　用空气　海水　去写首诗
用骨头和鲜血　用宇宙和尘埃　用你的毛孔和泪水
你心中那片萋萋绿洲　鸟语花香的芳草地
那只是被世人误解和唾弃的孤岛

亲爱的　请为我写首诗吧
也许它只需一个字
也许它只是虚无和黯然
也许它只能是水渍的污痕
我们抵挡不住那些流言蜚语
还有夜来香花开时月光下疯狂的影子

亲爱的　请为我写首诗吧
就算远方有木棉花开的声音和水草的祝福
也许在你的诗歌里　我将什么都不是
一抹风景　一处光斑　一节音符
还是在网络的这一端不解风情

却在别人的情诗里
偷偷流泪到天明的
那个傻子

·2008年·

◎ 情人节

现代派爱情故事
常常没有开始和结局
穿越时空　一场玫瑰之约
情人被浓缩压制成巧克力
两个人语言的温暖
抵不过一个人的低吟浅唱

人们似乎早已忘记那曲情人节之歌
红尘之外　大漠无边
千帆过尽的花样年华里
还有谁会冲冠一怒为红颜

一些戏剧化的商业广场
人们看到满地凋落的玫瑰花
睁着迷离的眼
观看这些时髦的现代人
进行一场接吻比赛

·2008年·

◎ 情人节之歌

没有情人的灵魂
就读不懂爱人的心
飘飘荡荡　用一些暧昧的词句
把自己撩拨得销魂

那个自称是我影子的网友兄弟
他说我的高跟鞋踩出了他的欢欣
在通往快乐的路上
用微笑来饱和受伤时的孤单模样

2008 年 2 月 14 日
我的双手第一次在南方冒出了久违的一颗冻疮
渴望温暖的心灵
像我的影子兄弟一样单薄和瘦弱

在网络的两端
我们用心一同聆听那些童年时代的歌曲
激荡青春　冻结心锁
像浮萍样　片片清新
灵魂变得铿亮透明

情人节之夜
人们都害怕让自己的爱情四处游荡
有多少支好听的歌曲

我们如何记得住这些天籁般的旋律

情人节之夜
谁在我们窗台微笑着唱
下雨时分
你不是我的影子
我不是你的翅膀

· 2008 年 ·

◎ 等待

2008 年 11 月 23 日晚
人们说的不一定是真的
我逃跑　呼喊　发泄　生活的灰色
内心挣扎　焦灼和急躁
可我依然得装着一切都未曾发生

那只是勤劳的人们最简单的心愿
我从来不敢对它们抱持希望
和一座飞翔的城市用漂流人生为伍
我走出孤独的步伐
我的思想　我的笔触都显得这般幼稚和单纯

时间煮着分针秒针还有黑夜无边的瞳孔
善良的人们一直在说　真相就快到来
透过 QQ 和电子邮件
我无法去描绘和猜测这些朋友的表情

无论事情结果如何
这一天将变得无比重要
我最终不得不承认　在过往
有关于类似的幻想和憧憬

尽管我不是一个爱做梦的孩子
却把结局虚构得异常完美　灵魂裸露

我害怕我已无法再承受这种安静和寂寞
唯有相信他们说的一切都是真的

那个她就是我　那个我就是她
我必须努力等着这一天的到来
像年轻母亲　孕育自己的第一个孩子
像寒冬　守候下一个勃勃的春天

·2008年·

◎ 夜读《打工诗人》报

有着一样卑微　无助　简陋的灵魂
我们是亲人　朋友　或者纯粹爱人
幻想只是为了生存的尊严
难免徘徊在一些过去发生
正在发生或者未来将发生的细节里
被一方文字琢磨着破解和抒情
那片伤痛并不是所有的人都愿意去读懂
即便经历过　也习惯了沉默和无语
文字披上了羽毛的外衣
最终也逃脱不过岁末这严寒
在乡村和城市之间　因为活着如此可贵
我们往往只需一次简单的选择
而奉献出毕生的向往和感激

打工诗人手中的笔
除了记录生活的苦难和破碎
也该徜徉人性深处的善良和美丽
携手这座城市拼搏的坚毅和无畏吧
挥洒自己的人生诉说他人的故事
唯有真情真爱才能温暖人间

我是一个如此落魄的打工妹
蜷缩在异乡小小的角落里
偷偷品尝浮光掠影的味道

偶尔思量那些和我们一样卑微瞬间便擦身而过的人
因为简简单单地活着　我们不再防备
也不再害怕因为陌生而带来的伤害
即使在漆黑的夜晚　我们也能感受美好生活
用双手行走　也认为这是上帝的旨意和仁慈
淋过雨的人更愿意为别人撑把伞

就像此刻　子夜一点
我被风吹进那间不足七平方米的出租房
默读一份打工人自办的《打工诗人》报纸
这些生活　其实每天都分布在很多城市
这些灵魂　也许多年以后依旧没有方向
我常想转过身去　总想逃离这些流泪的诗行
让窗外的夜风安抚我的躯壳
身为女人　长期以来
我内心是如此害怕承受
那些被血泪浸泡过的孤寂和凄凉

· 2008 年 ·

第三辑 他·她·它

◎ 读你的诗

——致李云汉

她轻柔的声音如歌
你的诗行　开始舒缓地飘落
它们静似 C 大调的平和
动如 F 调的悠扬
满座的聆听　追寻着思乡的燕子
一声　二声　三声　别说再见
他们也许真的回来了
你忘年的朋友　你衰老的亲人

而你　悄悄地坐在这个角落
甚至不想让任何人知道
她和的就是你的文字
你沧桑的容颜布满孩子般的微笑
如你面前那杯红茶　沁人心脾

我们第一次相遇　陌生的朋友
在这片影影绰绰的空间里
但愿你我早已相识数年
即便无法靠近你的生活
听你细说那个年代曾经的故事
你羞赧的激情岁月

至少我可以融合在你的某句诗行里
去装点他们如歌的情怀
一声　二声　三声
也或许我偶尔会化作雨滴
去轻轻敲打　你的窗棂

·2015年·

◎ 岁月如虎

——读王大块诗集《比这三年更安静》有感

该庆幸呀　你这只勤奋又凶猛的动物
这三年终究不是这三年
我想象你穿一双拖鞋匆匆而过的样子
那些波澜泛过的岁月静好
你不想见丝丝风浪
你想见的　不过畏之如虎
我想象你极不情愿地扶起一把倒地的扫帚
从北到南　你用笔沉浸在你人生的电梯中
上下自如　如今满地城愁恣意开放
那朵曾感动过你的扶桑花
至今仍悄悄挂在南国树梢
你却把所有秘密　藏于一朵小小荷花
那么多的早晨　那些意外小事故
总是逃不脱温暖与伤害的互相暧昧
你憋紧一口气　轻轻关上午夜的门
生活中无数颗小小善意粒子
打开黑洞的翅膀　汇涌成火红的宇宙
那擦不掉的笑和牵手最是珍贵
鹏城四月百花开
人们传唱你的紫薇歌
那些公园　山坳　草地　小溪
无数只小老虎从大自然中相约博尔赫斯的图书馆

它们在角落里静静地读一本诗集
关于这三年的安静
和安静的这三年

·2022年·

◎ 火山上的葬礼

——读《保罗·凯恩诗集》有感

长期以来　我只渴望
有场与你同样的葬礼
在火山上自由引体
给曾任意捕获　肆意踩踏我们的所有元素
上演漫长又折磨的告白片
有无数的蛇　老鹰　喜鹊和唢呐鸣起
那些亲人朋友　他们相约在此进行最后的相聚
那些先于我们而去的人　他们有瞬间的复活
基于某种需要
我无法走出这独立　高深的一步
所有的意外　悲伤　都泪水涟涟
像老父亲打翻的那杯白兰地
我只能装作若无其事　绅士般地调酒
这山上那么多弱小鼠辈
它们孤独又愚蠢　狭隘又自私
嫉恨无处不在　权欲的绳子勒紧贫穷的腰
我可能是故意的　或确实糊涂了
竟想用卑微的灵魂带着它们跳舞

·2022 年·

◎ 爱笑的孩子

——读《张战的诗》有感

像你这样敢情最好　被爱包裹的诗心
在哪儿都把自己开成一朵微笑的花
纯粹　圣洁　如莲坚韧　与人类柔语
像携带普罗米修斯的爱与火种
众生焦虑　悲苦　多的是皮笑肉不笑
你说他们是拥挤在一起的板栗
在爱与被爱中不能自拔　堕入地狱
多想深浸在你装扮的梦中不复醒来
苦瓜想妈妈　松树捉蝴蝶　月亮会开花
而你肯定不会决绝做一只为爱赴死的蝉

像你这样敢情最好　被爱包裹的诗心
淡淡的微笑热爱抚摸万千人世
用你的温柔　通透　睿智重塑心灵之弦
你这个爱笑的孩子　扑向幸福的港湾
琴瑟和鸣　让沅水白鹭衔着野鸭子的蛋
你在诗中探寻那条精神之路冲破新禁忌
你写的明亮与温暖的东西是一种孤独的冒险
你的先生举碗面　你在诗歌中煮出
一世与诗无关的不洁之身　爱笑的孩子注定
一碗面就像一朵花　从灰烬中剜出花朵

·2022年·

◎ 妈妈　你给月亮打个电话

每晚趴在阳台的栏杆上看天上飞机飞过
是三岁的儿子最喜欢的事情之一
他踮起脚　努力伸长弱小身板
以为这样　他就会离天空更近一点
飞机在夜幕中移动的光斑也会更大一些
于是　他就扯着喉咙用力地喊
飞机　往这边走　等等我们

我告诉他　飞机上的人听不见我们的呼喊
除非天上的月亮把你的呼唤转达
他突然请求说
妈妈　你快用手机给月亮打个电话吧
他执着的表情　多像那个夜晚
我在月光下为他的虔诚祈祷
惊厥好久　仿佛失去生命迹象
我们拼命抠他　捏他　抱他在夜色中狂奔
月影斑驳　红绿灯尖厉嘶吼
我哭着望向车窗外的月亮
保佑孩子　多大的劫您全都给我吧

·2023年·

◎ 打孔机

从上下至左右　从中间到两边
我爱上了你为我量身定制的生活空间
在那些五花八门的文件中
我想将穿越玩得像你的眼神一般暧昧无穷
用满肚子的纸屑　把自己化装成一个大花脸

我不在乎你那是怎样的一双手
我那弯弯的脊梁依然坚硬如初
于是有人说我的抗压能力很强
但没有谁肯去印证我前身那块铁泥是否也曾受过伤
在被熔化的瞬间　是否也曾定格过一行泪痕

你无须给我同情或怜惜的眼神
我只是爱上了这些风格各异的办公室
我爱上了人们在这里上下班的表情
被他们敲敲打打　行色匆匆的生活中
我只想默默去坚守一份属于自己的美丽

如果我碰到温柔和漂亮的主人
我希望她一辈子都平安快乐
让她的笑容永远为我单调的生活增添色彩
在纯真的岁月里　同尔虞我诈　虚无的快感说再见

可为何我那小小的心中装满疑问

我是这般努力和乖巧　紧紧地靠在你身边
我小心翼翼　不敢越雷池半步
我能无数次穿透你的身体　安抚你的心情
为何总是无法抵达你微笑背后的那颗灵魂

·2011年·

◎ 一卷传真纸

没有依附　没有根基
甚至不曾有过遮风挡雨的希冀
一个黄褐色的纸筒
是我毛肤　骨头　血液　灵魂旋转的轴
我的心早已被抽空　脱水
被挖空　是为了能更好地感受你指尖带来的温柔
即使是粗糙和凹凸
也会假想是你送给我的音乐般的悸动和韵律

当电波响起　信号刹那飞跃天际
当铃声嘀嗒　机器开始接受无形的召唤
人世间的情感　利益　数字游戏　魔幻般的海洋
通过传真机无情的碾压　推送　截断
不同的情节和故事被扫描
相同的人物和命运被复制
我像秋蛇般缓缓蜕皮
在机器冰冷的内脏中慢慢变得憔悴和消瘦
我只想用层层生命向你告白
然后再淡淡地去完美你的忧伤和微笑

如果　你用那贪婪的眼
剥光我最后一层皮
但愿你能发现
空心的我　也曾有过瞬间的美丽和梦想

我卑微的多情　也或许温暖过你沧桑的容颜
不信　你再看一眼　被你遗弃于垃圾桶中
那些金黄色　破碎的包装纸皮吧

·2012 年·

◎ 相约

屈子沉冤于两千多年前的今日
后人说　诗人是心灵孤独的苦行僧
可笑他的众人皆醉　唯他独醒
生活的泡沫中释放了太多的烟花
谗言把安全感一层层瓦解
冲破现实的无力感却与日俱增
我拒绝融合　远离　并固守这卑微的一生

好想去预约一场死亡　什么样的死法不重要
只要临死的样子不是太血腥
我常常半夜醒来　趴着窗台
新和大道睁着眼　同我遥遥相望
那夜的它仿佛比我还孤独
它把瞳孔无限放大　直到再也没有盲区

我只想在无人的时候预约一场死亡
并且只让新和大道见证
却不能让家人知道　心疼　阻拦
我预约的死亡比平常人更需要勇气
到第二日　也许某些小道消息会流传
那个女人是为情所困还是为生活所迫
如果是他杀　为何死得这般干净整洁
如果是自杀　为何半夜跑到马路上来

·2015 年·

◎ 爱的面前　她们说

爱的面前　舒婷说
她愿做一株木棉
作为树的形象　和他站在一起
而关于人生的法则
就是活着　并且　开口

爱的面前　李见心说
她要是个疯女人该多好
可以毫不留情地去爱他
爱他　在生死之间　在人神之外

爱的面前　王小妮说
她不爱这个世界
也不爱故乡和异乡
她只是毫不情愿地
被生活　任意放逐

爱的面前
我那四岁的女儿王雅轩说
她只想快些长大
可以买全世界最好吃的零食
它们披着橙色外衣
比天使还要漂亮

爱的面前　我说
既然这半生漂泊渺渺
而活着的力量仍然为零
注定孤独是生的唯一源泉
那么　请允许我继续沉默
永不开口

·2015年·

◎ 你的风筝

——致卡勒德·胡赛尼

一　哈桑

为你　千千万万遍
亲爱的阿米尔少爷
哈桑爱你　胜于一切
一样的乳汁　一样的庄园
还有　我们同样伟大的父亲
我深爱阿里　并不惊喜于
被阻挡的秘密或者刻意难过
为什么要长久苛刻于心　真主
宽恕　一个孩子的灵魂吧
你不要逃避　你如此自责
只有你的冷淡　才会让我真正痛苦
而世俗的伤害　只是一晃而过
你不必怜悯我的纯善
它同愚忠无关
在阿富汗　在喀布尔
有你　才有我全部的希望
亲爱的阿米尔少爷
我多么想念你
祈祷安拉　穿透夜雾
我多想在你的身边再次微笑

我多想再陪你放一次风筝
在风筝的线轴里转动
飞翔我们共同血液的荣光
哦　塔利班　我只想等待我的主人
关于我是谁　其实真的一点都不重要
哦　阿富汗　我多想拥抱我的少爷
哦　索拉博　我可怜的孩子
原谅喀布尔的风雨
它们同你一样孤独
为你　千千万万遍
亲爱的阿米尔少爷
亲爱的阿米尔主人
你的风筝在蓝天里再次飞扬
我们的索拉博终于笑了
为你　千千万万遍
亲爱的阿米尔少爷
终有一天
全世界的人都会看到你写的小说
终有一天
全世界的人都会看到我追的风筝
为你　千千万万遍
亲爱的阿米尔少爷
哈桑爱你　胜于一切

二　拉辛汗

这只是一场豪华的盛宴
结局　我们某次长谈或许提及
在那个角落　我不小心读到
阿米尔的孤独　真主对他的怜爱
他对你的渴望　他是个讲故事的天才
对哈桑的嫉妒　像针尖一样锋利
我的好朋友　你寻找一条救赎之路
你美丽　优雅的妻子再也不会回来了
你只是害怕看到阿米尔追随你的影子
你一不小心　就会吼出　你高大的身躯
你祖上的善良　正义的荣光
似乎触痛了更多的人　你内疚得想哭
你不敢说爱　除了无尽的救赎
当阶级打破制度　哈桑不过是
在枪林弹雨中一去不复返的
哈扎拉孩子　太多无家可归的孩子
我多想守住你的荣耀　这小小的国度
我如此热爱　你的家园　我的朋友
我多想我们能再次相遇　饮酒
我多想听你亲口说出阿米尔的骄傲
可是　我如此苍老
只能眼睁睁看着祖国抽搐
可怜的哈桑　也被我弄丢了
他的孩子　只有阿米尔才能挽救

那儿　有再次成为好人的路
从此　阿米尔再也不会孤独
我已老去时　哈桑收藏的一只风筝
正悄悄从你墓碑上飞过
我将抵达你的亡灵国度
赴我俩关于阿富汗的另一场盛宴邀约

·2017年·

◎ 致顾城

一　你

1956　如果
没有诗歌
你顶多只是那个
同父亲一般苍老的
陌生男人
你三岁时
爬上那扇窗户
有没有看到多年后
那一群又一群像我这样茫然的
陌生儿女

二　顾城的画

鱼

它们瞪着双眼
望着被切断的尾巴
幻想盘子下有双
被根须缠绕的脚
鱼儿在盘子里集体想家
那吃鱼的人儿呀
你又为何还不快回家

乡

这个春天只剩下了这棵树
这棵树上只留下了这根枝
这根枝子只垒下了这窝巢
这窝巢里只留下了小小的
你和我

琴

音符飞扬　漫天鲜花竞相绽放
我心欢兮　又怎忍心
亲手合上琴盖
那盖下躺着的人儿
胸花早已枯萎
她平静的模样
如此安详　如此忧伤

石

石是石的故乡
石的故乡铺满慈悲的莲
石的身体外长满了树
石的心中住着一个女人
石的女人也种了一棵树
石爱树一样的女人
石也爱女人一样的树

鸟

身为一只鸟
我当然渴望飞上天空
大海如此辽阔　蔚蓝
它无法赐予我一条游弋之尾
你们紧紧拥于岸岩
观看也罢　担忧也罢
猎人不过折断了我几根肋骨
我生命的爪
仍将紧握崖壁上的枝
努力抬头　无畏悲喜

花

棉花糖　白云的姐妹
也或许如某个政权的旗帜
又或如某种兽类古怪的头
这些都不重要
我不在乎你的想象
只要你抚摸过的叶
还缀绿于我盆侧
心花如扇　徐徐为你

脸

我不想去闻那些奇怪的味道
我不要去听那些复杂的奇闻
我不会去说那些莫名的流言
我的脸形过于方正

它不太适合人们以圆为美的情怀
我唯一留下的两只眼睛
透过瞳孔　很遗憾
你也只能看到真

界

你们的世界很大
我们的世界太小
我们紧紧地依偎着这个小世界
想象着你们在大世界里的拥抱
初次晤面的惊喜
像山花一般绚烂

道

我知道
也许过了这个春天
我们都要走上那样的一条
无论怎样的表白
都缺乏精彩的道
你说我的脚印太小
我怕你的背影太高
彼此惊异　战栗
过了这个春天
又会不忍没有那样的一条道

·2017 年·

◎ 山

题记：登福永凤凰山，哭念吾爷。

在你入土为安的第一百九十天
我又爬上这座山　这是你生前爬过的最后一座山
不枉你来过深圳一遭　那半山腰上躺着的可是文天祥的后代
终究应了你这正直　忠诚　清苦的人生
陌生人在庙宇内烧香　跪佛
在你四岁的曾孙女投下第三十枚硬币
在乌龟池畔的对面　爷爷
你就站在那里　背着双手　踱小方步
咧着那没牙的嘴　你看到我们了吗
我想大声喊你
我惊慌失措地找寻你　你曾经说过
你能活到八十八　也许你只是可怜孤独的奶奶
在朝阳山的斜对面　奶奶的刀子嘴　豆腐心
肯定又骂你　老东西　你终于来啦
这么些年　看看你都过的什么日子
还是在这山头看着他们吧
那些已经散落四方的孝子贤孙
看他们到底想把生活折腾成什么模样

你们在那边一直还拌嘴吧　吵闹了一辈子
于是上天让奶奶先去十年
还你几千个清静日子　你满足了吧

老人们都说你是一个特别有才华有故事的人
可你同他们总是格格不入　你活着的时候
朋友屈指可数　你说他们不懂你
你满腹经纶无处诉　因为贫穷而忍辱一生
那时我还小　如何去懂得你这凄婉的命运
如今我只想再拉住你的手　就像小时候
睡在你和奶奶的中间　我把眼睛睁得老大
你是不是还有很多话想对我说　你满满的怜爱
不要说你的半生飘零　只说你的腹内乾坤

爷爷　聪明的你
你还能告诉我吧
你出生那天　太婆用剪刀剪断你的脐带
那时　太公背杆枪打日本鬼子在哪座山
七岁那年　你偷出家里唯一的一斗米送给病倒的先生
那晚　害怕挨打而一宿未归的你躲在哪座山
十二岁那年　你得了全镇珠算第一
遇上一对结婚的新人硬拉着你帮写对联　他们住在哪座山
十六岁那年　离家去县城上班的你
徒步走了七十公里　最后累得滚下去的是哪座山
十九岁那年　你要把奶奶娶回家　背着媒婆
你偷偷掀开她的盖头那时正在经过哪座山
二十二岁那年　你一声未吭
一个人悄悄把两岁就夭折的儿子埋在哪座山
三十二岁那年　为了多病的奶奶和六个儿女
你辞掉了公家的工作　那晚你看星星到天亮的是哪座山
三十六岁那年　在湘西古丈一条铁路隧道口

你因为救人　滚下来的石头砸断你左脚的是哪座山
三十八岁那年　你同那个只给你记一半工分的大队书记
狠狠地打了一架时　又是哪座山
四十岁那年　多病的奶奶差点血崩　从此与冷水无缘
连男女之事都远离　你曾在什么山上砍了几晚的柴
四十六岁那年　不肯参加高考的小儿子与别人跑去了海南
你后来用一根扁担追他绕着满屋子跑的　那是在什么山
六十四岁那年　你快四十岁的儿子因为欠了高利贷
他的四个未成年的孩子　你匆匆接回来的是哪座山
六十八岁那年　奶奶因病去世了　肝胆俱裂的你
那晚让你一夜之间头发全白的是哪座山
七十六岁那年　你那不堪事业失败的多情敏感的五儿
他从此抛妻弃子　不声不响地悄悄消失在哪座山
八十岁那年　你唤着儿啊　回家吧　回家吧
你五儿的孩子　我的堂妹　堂弟　我们终于一起带着你
爬上了这座城市的凤凰山　它离咱们的故乡很遥远
但这是我唯一知道的　属于你的山

爷爷　你现在和奶奶相处还好吧
你现在再也不会因为我掉了几粒米而生气吧
爷爷　这么聪明的你
你告诉我　多年以后　当我老了
我会躺在这座城市的
哪座山

·*2015* 年·

◎ 读余华《现实一种》

母亲说骨头发霉　胃里长出青苔
对即将发生的一切　她假装视而不见
她夸张的咳嗽　喋喋不休　抱怨同雨落下
我们的孩子　最终在天堂里磕头取暖
拿不出证据的冷漠　像铁刨子一样坚硬
我们最终连简单的称呼都可以省略
何种戏法更具有感染力　毫无征兆
编剧在层层推进　我们如此鲜红
死亡的酒浆　一杯浸透我们的愁肠
生活带来一条厮混的野狗　它出于本能
我们泪腺干涸　女巫送来肉香
我抗争不下手中那把勺子　赐予你
仿佛要舀尽这一生的孽缘
你再也不能放声狂笑　我们的头颅
太过于脆弱　这架身躯　更适宜接近
解剖台　五脏六腑　肉身　皮囊
他们要的　只管拿去　除了
你留给我的弹孔

·2015 年·

◎ 夏热

夏天是一个敏感的词
人们轻装上阵
没有什么秘密能像
冬天盛满慈悲的关怀
于是你开始幻想春天
最初的蓓蕾与芬芳
如开耕的土地撒着欢儿
那无数个夜晚
你睁着双眼掐死一只又一只
迷失方向而饥饿的蚊子
村头百年前的榕树墩
习惯同你望穿秋水
被磨合的圆
同你白皙的躯体和平共处
达成某种良性的丰腴协议
你固执地相信
当年出走的那个男人
他咋可能忘得了生病的娘
偏瘫的爹
如果哪天你的孩儿带回了
一个传闻
你总依着门框　默默地说
天这么热　孩儿啊　你莫说胡话了

·2019 年·

◎ 石头在唱歌

磨坊长满新鲜的灰
一丛青草冒着芽尖尖
那方石板路有你不小心
划破的青苔纹
谁家的驴又叫响五更
那上学的娃喊山了
那个流浪儿牛米仔
早已跑到斧头山看日出
他盘算着今儿谁家
将要添上红白事
你想努力爬起来
背靠水井的方向
你望着身旁昨天晒出的
一大片红薯干
你盼念着老天再多两日阳光
就可将它们寄给城里的儿女
你仿佛看到可爱的孙孙
你拼了命却拉不住他
你只是听到石板路
叮当　叮当的回声
谁家的石头会唱歌
你笑笑闭上眼　睡了

·2019 年·

◎ 洗澡

女儿六岁时终于学会自己洗澡
小嘴中哼一曲
我爱洗澡　皮肤好好
哦　哦　哦
哦后屁股还要扭几扭
莲蓬头喷起来了
热水器似乎也很乖巧
一分钟后她喊
奶奶　你过来一下
两分钟后她喊
妈妈　你过来一下
三分钟过去了
爸爸　你快来一下
我们在过道里静静排成行
谁也不敢走太远
我们被一一点名
却不知谁才是那位
最有希望接近
真相并为之服务的人

·2018年·

◎ 献给狗兄弟

女儿常常仰着小脸问我
妈妈你最喜欢什么动物
我说了很多次总是狗狗
女儿说她最喜欢兔兔
即便我提起以前的小七
她也只微微叹口气说道
小七被坏人偷走好可惜
它可能变傻了不懂回家

其实我最想对她说
妈妈也是一只狗狗

她的内心住着一只忠诚的狗狗
它没有放弃过寻找最爱它的主人
它喜欢用不太灵敏的鼻头
悄悄地嗅着每个靠近
咱们生活的人
而对喜欢和感动的事物
有时却不得不强忍着
好想有大声汪汪的冲动

· *2017* 年 ·

◎ 寂静

男人的呼噜声是有韵律的
小孩子的呓语是灰姑娘的秘密
楼下的公交车站发出最后一班
失眠的老人抱着婴儿
用力按压遥控器上的按键
画面闪烁　文字却不忧伤
其实　他可能更想吼几嗓子
无人欣赏　也饱满张扬
夜色　冲刷白日繁华
渐渐裸露和供奉的是
中年人的青涩和勇气
也可以无所顾忌地安详
一个微信群被自动打开
整整一个晚上
我盯着一段对话
想象它们没有修饰的形状
我不可能认识的那些说话的人
他们都在什么样的房间
沉默　固执　坚守　思考
双手不停地敲打
嘴里却不曾说出一个字

· *2019* 年 ·

◎ 柳如是

“我见青山多妩媚
料青山见我应如是”
是那八十的老鸨的庇佑
是纵身一跃的陈子龙
是水太凉了的钱谦益
还是洁白身体背后那句
你殉国　我殉夫
说到底啊
柳如是不过喜欢他们中的
任意一个
都胜过　爱她自己

· 2020 年 ·

◎ 凶手

一定着了谁的道
被什么邪恶力量附了体
她忘记车上的孩子
她差点就要把车直直地开进茅洲河
三百六十度旋转　倾斜　万幸　摔倒
她和女儿从车轮下爬起来
似乎都无大碍　有点皮外伤
她新买的廉价外套
衣袖上裂开长长的口子
像一个喝醉酒的人不停傻笑
女儿白色的裤袜
渗出新鲜的血迹
一辆路过的小汽车
打开双闪　安静地等候着
孩子瞪着恐惧的双眼

· *2021* 年 ·

◎ 赠刘郎

你说　“一朵花独自开在角落里
它只属于它自己
有一只比光还要干净　好奇的眼睛”
此刻　我静坐于你对面
隔着两米八的距离读少年的你

几小团烟雾和白发缠绕
你起身　颔首点烟的样子
像你的诗歌一样纯粹　安静
我只在诗歌中读过你的饭堂
和那如夏花般美丽的爱人

朋友们爽朗的笑声
如杜鹃花盛开
多少祝福也无法承载这世间美好
月光温柔　人们奔波的脚步声
在窗外　渐走渐远

偶尔
你的眼神微笑着朝我看过来
我也微笑着看你
在彼此的诗歌中
好好“短暂地活过一会儿”

· 2020 年 ·

◎ 清明曲

4月5日深夜两点
我用手机即将看完《入殓师》
小林大悟正用力掰开父亲紧握的右手
那个三十年前他送给父亲的小石头
小石头从父亲僵硬的手中滚落出来
他终于记起了父亲的模样
他终于捧起他的脸　呼唤　爸　爸
父亲离家出走这么多年终于要回家了
我看着他那跪着的孕中的美丽太太
开始放肆地同他们一起泪流满面
就在这个时刻屋外突然响起了音乐
是谁　让它在万籁俱寂中如此清亮
多么熟悉的旋律
所　哪　唆　那唆　咪唆来咪唆
所哪来　来哪　哪所　哆咪咪咪咪
《梦里水乡》一缕轻烟在远方
这个季节却没能做个你盼望的新娘
凌晨时空　细雨微微
清明　我抬头望向窗外
新安大桥两边的路灯肃穆如长龙
有谁知它们在今天要送多少人去远方
又会带回多少人
魂归　故里

· 2021 年 ·

◎ 寻找

——给 YL 君

那个为爱情心碎的女子
每天都为恋人写一长串的诗歌
在朋友圈　微信群孤独地推送
与他相爱过的每个角落
每句话　每个吻　每次小吵
她都要用几首诗歌来缅怀
有一天她忽然告诉我
他肯定去了另外的城市

我不该这样想着那个恋人
他不停地添加陌生女子为好友
他依然吟诗作画秀书法
穿梭于各种活动
躲在互联网的背后
对人诉说他的情不由衷
寻找或焚烧新的恋情
而所有他曾经认识的朋友
在这个冬天
都如此匆匆低头沉默
似乎急着要去远方的远方
而关乎她的一切都未曾发生

· 2020 年 ·

◎ 对立

——给 YL 君

无论哪种结果
它都不是最坏的
你总说老话
天无绝人之路
亲爱的
此刻多么寒冷
像花木兰引起的雪崩
两军对垒　伤敌一千
自损八百
而明晨
又会艳阳高照
亲爱的
此刻　那些雪花都爱上你了
用各自的美丽与尊严
一瞬之间　几世牵绊
你的沉默
让她们更加飞蛾扑火

· 2020 年 ·

◎ 夜幕下的水白菜

——读陈末诗集《月光如豹》之一

25℃南国的小雪节
融化一场封控三年的世界杯赛
数十万人的热浪　把编钟煎熬
夜幕下的每一滴水珠散发橘色的波光
戴口罩和不戴口罩的人都是呓语的观众
热　是一种迟到的渴求　诀别的软肋
把内心擦亮　那些躲在萝卜下的小白菜
会重新长出一截硬骨头
一头月光如水的豹子冲破我胸腔
我无法阻止诗人挑剔的爱情
那本诗集舔着血　慢慢深入海底
一句撕心裂肺的哀求　拯救我的
不过是楼顶上那一畦畦的菜
打开手机上的手电筒
蚂蚁和蜗牛仍在努力躬耕
浇水　拔菜　刨土　剥老叶　折新枝　一片片装袋
每一次含蓄的祭祀　献给伊甸园的圣母
长久的静寂和顺从　无论生死
这些小白菜　已入戏太深

· 2022 年 ·

◎ 被流放的豹子

——读陈末诗集《月光如豹》之二

你灵魂的废墟开始燃烧
掬一捧白月光映照　哮喘扭动小身姿
你这个被母亲遗失的孩子
在一群小盲蝶散发的焦煳中
幻想外骨骼里的蒸汽　能长久鸣笛
南来北往　两个十二年的梦境跨越
你这只奔跑的鸵鸟　像豹子般嘶吼
向灵魂低头　意欲撬开灵魂之斑
所有属于诗人的野暴力与急行走
所有被春天打开的词语　沉默
它们寻找新的替身　结网　逃离
可被放逐的黑孩子　你用执着无畏
亲手凿掉了最后一束光芒
坐在梅花树下的老父亲开始啜泣
他在春天呓语盼望
可你在南国越走越远

·2023 年·

◎ 小说《诗人街》人物谱之徐东

你修修补补　掀一轮新的文字力量
从高原回归大海　缄默中书写城市的温度
在南国弹奏出一首新的摇篮曲
睡梦中无数精灵驱逐　祈祷　追赶
那些困境　浪漫　现实忧虑着泛黄的马灯
斗室之间　窗户寂静　你跃过一些头颅
环视寻找一处新的制高点
海上金光点亮你所有的书页
每个抑制的故事多了更多意蕴
背负文字的血液前行　马蹄深深
那些发光的兽皮把世界深情揽入
你着陆即转身　步伐轻柔
上善若水　虚构的世界里有最真的温存
离去或回归　没有一只杜鹃
能惊醒你长久隐秘的舞台

· 2022 年 ·

◎ 小说《诗人街》人物谱之小青

在《诗人街》里　你坦然地存在
在世俗街上　你无所遁形
当恋爱变成一种职业　细心经营
当此热爱变得非彼热爱
你笔端的玻璃心被自己的壳敲得粉碎
我们为谁书写　谁又真心在乎我们的书写
我们为谁爱着　谁又真心在爱着我们的爱
你终究只是小青　仰慕白素贞的情事
又无端讨厌善良糊涂的许仙
没有一种爱会在你的诗歌中真心存在
只有一种爱人愿与你永远居于《诗人街》
他自带诗的特质　倚仗诗的灵魂和生命
他前世已遍尝人间炎凉　而今他简单活着
并不期待与谁的精神和肉体相结合
他说诗与看你写诗　读诗　二者并未有区别
只不过多掏二百块钱

· 2022 年 ·

◎ 黑夜中的青春鸟

——读白先勇长篇小说《孽子》有感

羞于说出祖先的血　碑文
族谱上大大的红 ×　天师喊　跪　起
他们从司爷未干的墨水中一滴滴涌入
中央公园的莲花台　无数夜莺三叩九拜
当欲望战胜贪婪　相伴者可贵　树犹如此
青春的骨头铺上远方的阳光小道
小玉　小小玉　阿青　小小青　老鼠　弟娃
俞老师没有送出的大侠梦
他们爱得如此快乐和绝望
他们爱得如此隐忍　热烈　忠义
良善　忏悔　筑就的幸福小屋
和那些肮脏的下水道　只属于一场台风
吹过百乐街　吹过安乐乡　盛公　傅老爷子
吹过被杂交的樱花梦
在无数次的归家梦乡中
暴风雨肆虐　龙凤传奇多以离别收场
他们的血液在熬煮
他们一边高高怀抱着母亲的骨灰盒
一边接受父亲扬起的马鞭　烙下的饼
还有父亲至死也不倾斜的骨骼

· 2022 年 ·

◎ 谁的茶花不孤单

——读谢亚凡诗集《孤单茶花》有感

这么多的花　四时绽放
哪一朵才是故乡的那一朵
哪一场梦偷偷把星星的秘密摘下
如果没有诗　你该如何迎接春天
看瞳孔在风中舞蹈
这半生　多情通达　取舍之间
你将仍与诗歌浪迹天涯

无论心中一朵茶花从哪儿来
它厚厚的叶　载着厚厚的人世
从西到东　从北到南
大地悲喜　有鲜花在帕米尔高原放声歌唱
是善良　辗转的爱　是露珠　青草满天霞光
是皑皑白雪照亮了驼铃
是母亲的泪水滋养一颗爱的种子

你说
“这朵花　坚持不凋零的花
就是在等待一面之缘吗”
你不同于我们想象中的样子
当夏风吹过　湖面涌动着涟漪
你说　还有太多的话语未曾说出口

每个爱诗的朋友都是一朵最美的花
而我
看上去像最孤独的那一朵

·2022年·

◎ 问紫凌儿

——读紫凌儿诗集《太白路 1067 号》及“终南山记”系列诗篇偶感

一

从深圳太白路 1067 号到终南山
凌儿呀　你为多少只高楼外的蚂蚁疗伤
多少株未名植物流下幸福的眼泪
你为诗歌的迁徙与放逐行走四季
灵魂的雨水唤醒星光和鸟鸣
可谁能读懂你一场又一场孤独的游弋
看鲜花的清雅　悬崖的冷绝　山谷的空寂
你撕掉一层层的袍子却从不卸下梦想的铠甲
你坦然地爱着并接受他们的离去或隐藏
从大海归来　终南山短暂的焚香　播种
你编排那些错综的根系　像烟囱植入土壤
城市的峰角开始燃烧
凌儿呀　你可护得几方净土
任凭世事的小兽肆意奔驰

二

我们都拥有一部父亲的经书
你安放了他的墓志铭　关于生前伴你的思辨

他爱你胜过世间所有　终其一生
你对他的怀念在写诗的时候最完整
梦境　终南山的蓑衣　各式欲望的城
宠溺这人间烟火　便是他的修辞和隐喻
我的老父亲还在生活里奔走
支支吾吾　他的身影前似乎总放着屏障
一生悲喜成败　幻成他人嘴中的传说
像你语言中那些被煮熟的文字
他已无法哭泣
这一生他却从未认真爱过我和我的兄弟姐妹
他从不忏悔　不管在哪座城市　在哪座山谷
他永远都不会明白
我想他　爱他　恨他　怜他
的疼

· 2023 年 ·

◎ 样子

年轻时我总觉命运不公
一样的父母为什么不给我和妹妹
生出一样的样子
妹妹美丽温柔还有会画画的小天赋
我长相奇特　性情怪异　总被父亲骂老气横秋
可今晚在长沙沁园春小区某室
看呀　那个女人絮絮叨叨
偶尔挺胸　叉腰　无力地撕扯头发
在客厅一边摔东西　一边来回奔走
随手抓一本书　扔过孩子的肩头
她的女儿在餐桌边垂泪哭泣
偶尔把头埋进一堆书本和试卷
硕大的黑边眼镜遮住她的脸
妈妈是为你好　父亲在微信上给她留言
湘江两岸　正上演着深圳一样的灯光秀
站在妹妹家的阳台　我突然懂了
生活于不甘命运与平凡的我们
无论在哪儿　还是活出了同样的样子

·*2021* 年·

◎ 我们都将戴上一顶花冠

——读毕淑敏小说《花冠病毒》有感

不斩断铁链　深不见底的黑洞
花冠永远不会彻底枯萎
人们挣扎着躲过今天　终有一天无处躲避
汁液四流　我们都将戴上一顶花冠
角逐排放　花冠似处女般粉红
它唤起情欲　让人类丧失疼痛
安眠者醒来　誓与它们血战到底
地震　海啸　冰川唤醒万年的沉寂
一次次历史的轮回　演出　汹涌
肆虐　惊愕　绝望　奔赴　歌颂
地狱　升腾
火山爆发　地球涌出地心的岩浆
“香草最大的遗憾　就是没有朗姆酒的相遇”
一把又一把的心锁　誓与花冠共存亡
一个又一个灵魂　在起落　反复　战斗
也许有一天
我们还能把自己的花冠踩在脚下
让融化的冰川　不再顺流而下

· 2022 年 ·

◎ 分配

总是慢一拍 被盗贼光顾过的头颅
它应该属于我们的孩子
她四岁的眼眸清澈莹纯
在那里　看不到对世事难料和颜值的同情
虚构完美国度　任意句点
轻轻拍打上帝的慈悲
每天只需两个卜卡布卡的故事
母亲的牙缝不要停歇　无逻辑蔓延
她笑　像鱼儿喝饱了水

把脖和肩分给公交　地铁还有奔驰的电单车
无限拉长　360 度旋转
把双肩抖动成文人笔下的红粉
像燃烧的蝶　翩跹越过叠叠明灭
看贵妃和潘安被怎么揉成面条和饼
冷却的早点依然可口香甜
无论我们将蜷缩成哪种酷炫的姿态
唯愿能有一个小小的空间
去暗自窃喜　独自垂怜

胸部当然留给我们的爱人　这旅途
没有玻璃体　长时间使用劣质乳罩
它们总是忍不住地下垂　在生活的对立面
丰腴　高雅　涂满玫瑰精油的女子　同我撕扯

那个三十岁出头的男人　说只有闭眼看窗外是免费的
每一次迈步　城市都要收费　太多条路上
似乎每条都欣欣向荣　只是没有哪一条能找到头
累了　就回到我的温柔乡吧
它们干枯　是你唯一的艺术品　在这座城市
它们同你不安的灵魂　相依为命

我的腹部和臀部　它们是属于我的工作
看上去它们是那么不合拍　没有保障的存在
它们卑微地衔接　小心翼翼地过滤
力求精准消化老板多变的脸和上司话中的话
我的臀部很乖巧　可以八至十二个小时坚守岗位
我的腹部很饱满　即便一个上午滴水未沾
偶尔间歇性幻想　没有房租　没有疾病和意外
有的只是带上一把木梳去千里之外看你的闲愁
挣开欲望的喉　我的腹部和臀部常常一起跳舞
子宫壁上那些被剖析的妊娠　微疼一晃而过

把大腿分给我的亲人和朋友吧　那比红还要艳的情
那些散落在四方的姊妹弟兄　那些新的生命
还有半山腰上为几块红薯落泪的婆婆
邻居大爷的嘱托　那些慈祥的脸都快同奶奶一样消失了
它们想用肌肉般的力量保持律动飘逸之美
让他们放心　虚荣心日趋膨胀　每次凝望　抵达
匆匆上路　匆匆卸妆　一无是处的表演
只因别人需要的精彩　把落寞和泪水抛入夜的深沉
孤独和坚挺　它们永不迷路　长长久久看岁月

因为温暖的力度　生活才有千万种可能

把小腿和双脚送给足下的土地吧
不论蝼蚁的细小　还是高科技的直入云霄
它们从不吝啬把自己变得越发勤劳
充满活着的智慧和美丽　像青春没有眷恋
每一次相爱　每一场迁徙　每一片嫩绿　抽鲜
我的小腿不够修长　十趾　微微扭曲
踩着那些疲惫的茧　突破何种进行时　告别
麻痹　比酒鬼还要追寻幸福感
想给每寸土地都去安一个归宿
它们时而步履蹒跚　时而健步如飞

最后　我忘了把双手分配给谁了
它们常常茫然伸向天空
也许它们从一生下来就不知道自己
到底要什么

· *2015* 年 ·

◎ 二妹

妹妹　我不知你的梦是从什么时候启航
像深藏我俩心中那些不与外人道的秘密
芙蓉花开的时节　多少年那晚青春的聚会
我还清晰记得湘江雪化的声音
贫穷催生了我们的泪水　脆弱　挣扎
被爱也是慈悲的伤害
却从未曾催倒我们挺直的脊梁和向往
那年我二十岁　你和你的同学十八岁
那年我是你们的姐姐
一个最需要照顾和怜悯的姐姐

妹妹　我不知你的梦是从什么时候启航
像这么多年我们习惯彼此远远遥望
你只身一人偷偷去千里之外的北方见他
你悄悄地跟我说　姐姐　我要结婚了
你不管不顾地带他回家　抛开所有亲人的劝阻
婚礼上唯一到场的你的亲人是绷紧脸的母亲
你分享你初为人母的喜悦　你们一起创业的艰辛
那人世间的路　是一颗颗旋转的螺丝钉
我常常误以为　那是幸福的果实对你的馈赠
你为我第一本书画的所有插图
连一只蜜蜂的小翅膀都要跳动起来

妹妹　我不知你的梦是从什么时候启航

漂泊多年以后　我也有了自己的家
在人潮汹涌的南方　撞得鲜血淋漓
谁也不是谁的救世主　我们小心翼翼背着行囊
你问我为何总不去你那边看看
我笑说　怕冷　却把孤独误读成坚冰
在那座古老的城墙下　我总是一遍遍抚摸我的亲人
湘女多情　一方水土一方人
善良到骨子中的你啊
却总毫无保留地把心交给你身边的所有人
他对你的伤害是从哪天开始
那么多漫长的黑夜　你为何从不知会我们半分

妹妹　我不知你的梦想从什么时候开始
是你画笔下的那抹彩虹闪着奇异的光芒
是你爱过了所有人之后才想起独独没有好好爱自己
你说并做了　告别你的前半生　离开那座城
我们傻傻地劝你别这么冲动　就算为了两个孩子
你说就是为了两个孩子
你无论走到哪里也不会抛弃她们
我是一个失职的母亲　不会懂得作为母亲的你
即便刀子刻入心脏　也要足够的云淡风轻
冰壶秋月　你说你要拾起那些遗失的青春

妹妹　我不知你的梦想从什么时候开始
在每一次沉默的背后　都有向阳的力量
湛蓝色的海洋矗立着橘子洲头的骄傲
岳麓山上扬起的红叶如清泉淌过的清凉

孩子们在这里茁壮成长　你在这里放歌微笑
你的画笔有了更多色彩　你勤劳的双手
去把每份荣誉创造
你跟我说　要努力做一名平凡有爱的园丁
只是那么多年不知这就是你的梦想

·2021 年·

◎ 点燃

把灯整晚点亮
不只是畏惧黑暗
我的想法还有些单纯
在梦中可把自己看得更清楚一些
更有勇气
点亮白日不曾向往的心灵密道
仿佛新的生命被打开
那些该说的　不该说的
以及该做或不该做的
从今晚起被点燃
像南方的春天温暖　多情
一颦一笑　一身一形
清清晰晰　亮亮堂堂

·2019 年·

◎ 我想你的时候不说话

我想你的时候不说话
什么都不说
除了假装不想你
除了反反复复聆听一首
忧伤的曲子
让身边的人变得同这首曲子
一样充满不确定的
小小的忧伤

我想你的时候不说话
什么都不说
除了假装不看你
除了一次一次抬头看镜中
陌生和沉静的自己
让身边的人误以为我总是
像个诗人一样的敏感
并像所有女人一样的
小小的臭美

我想你的时候不说话
什么都不说
除了假装在想你
除了一次一次划点开的朋友圈
点个赞又马上取消

其实我想保留这一份莫须有的
小小情感
那难道就是你说的你我之间
小小的秘密

·*2019*年·

◎ 荔味悠然

——致马萧萧

南国荔香悠然
每个集三千宠爱于一身的人
掰开那颗颗圆润的雪白
让细小的骨头驱走炎热和饥饿
所有从未被生活打败的小倔强
无法阻挡那些习惯奔跑的人
地方领导开始为民直播带货
故乡他乡都在互联网中行走四方

我多想为北方大漠的你寄一些
然客服拒绝遥远不确定的保鲜
一骑红尘无论从岭南或巴蜀到长安
何种路径都是千古之谜
此时我们素未谋面
偶尔想起却总莫名微笑
你说　戍边多年　而今
年到半百　仍不喜品茶

此刻我站立于“糯米糍”和“妃子笑”中
看两间室内茶室　如何毗邻相守
于这个现代化园区的万分之一
于空中会所的二十分之一

南国荔香　美名远扬
它们有着同样的名字和不同的来历
因眷恋故土　哪怕再远的距离
也懂得惺惺相惜

·2021 年·

◎ 苦水玫瑰

——致马萧萧

你终于把它们谱成了歌
只是作曲家歌手专注于创作
没能倾情演唱出
你这大半生的孤独和骄傲
这苦水玫瑰　从南至北
“一朵两朵千万朵　朵朵芬芳入梦乡
一朵两朵千万朵　朵朵忧伤断人肠”
十三岁那年背着竹篓上山采草药的孩子
萧萧一鸣　响彻寰宇
十八岁那年　扛起钢枪和背包
在国旗下庄严宣誓的青年
从此把故乡在梦中画了千万遍
还发誓要用诗歌书写九州传奇
像李杜般笔落风雨　饮东坡千古风流
漂泊的我呀　今夜
又何苦妄自揣测你的故事
抖落几身风霜　辔过几副马鞍
看边关多少风云　多少肝胆生死照
才无悔那三十年功名尘土
闯九曲黄河万里沙

·2020 年·

◎ 信笺上的玫瑰花

——致 H

那么多前尘往事
都别提了　十五年后
一堆泛黄的信笺中
你画的玫瑰花　又新发了芽
原来的花骨朵上
老刺穿透着深红　紫红
而我给你画的却总喜欢
给花枝加上几片绿叶子
像少女托腮
像观世音的兰花手
我们终究都没有长成
彼此想象的那朵
即便如今我小心翼翼翻开
这些记忆中你曾说过无数遍的话
那些张开的刺头
还是会把人扎了又扎

·2020 年·

◎ 白菜黄花心

在无数次的变异栽种中
我确信　而今城中这些黄色的小精灵
都已不是梦中儿时那朵
那时菜心秆子剥皮就甜且脆
奶奶把黄色的花骨朵轻轻摘下
我们一个个拾起来　编织成花环
童年的玩伴互相戴在头上
大人淡淡地说　你们玩去吧
这些花朵是不能吃的
于是　我们把它们悬挂成梦
远方的梦　长大的梦　风干的梦
如今多少年已不再看到黄花菜心了
而今在这个园区的农场中
这些小小的　矮矮的花朵
连着消瘦的白菜茎秆摇头晃脑
买菜的人们一袋又一袋地翻弄着
他们有的总似乎要询问什么
我们常常定定地看着
或许相同的梦境　就会
慢慢地从彼此脑海中溢出来

·2021 年·

◎ 一棵被夹的桂花树

你隐蔽的位置颇得桃花岛主真传
像一只被三百六十度包围的小兽
折不断的腰啊　为谁拼命送出缕缕香气
你努力开花　芬芳艰难岁月
在夹缝中求生存
拧紧骨头一次又一次在启程

我多想越过水泥钢板
跳进那片三角形的空间里
抱紧你大笑着痛哭一场
这么些年　一路泥泞　我们都走过漫长的路
也许忘记了太多的风景
爱过的相思血泪　新仇旧恨

我们怜悯飞逝的万物　一唱三叹
为不可知的命运　处处砸响秋天的刀
你张开的叶　向上开的花　为谁
仰望苍穹　夜闻惊雷　似是而非的真理
在那些利益和欲望的互换中
你脚下偶尔有株小草发声

“明天的早餐在哪里”

·2021 年·

◎ 杀生

一

一只蟑螂
从墙角大摇大摆地走出来
我一脚踩下去
比以往任何时候都精准
沉默即永生　它安详
如一具风干的皮影
人世艰难　修法积福
但我并不打算与一只蟑螂惺惺相惜
只想让它的尸身伴我度过今晚
我翻看几页书　偶尔
用眼角余光往地上瞄几眼
仿佛它会　挣扎着活过来
并发出某种特别的声音

二

小时候我们在农村长大的女孩
大部分头上都长过头虱
长辈们嘴中一边絮絮叨叨
一边用手中的篦子
狠狠按压梳理我们的头发
我们一边忍住剧痛

一边不停用大拇指指甲
摁死那些掉下来的虱子
一只又一只　血迹斑斑
啪　啪　啪　到如今
又有谁曾听懂
那些生命最后的呐喊声

三

每当起风的时候
我总怀念童年村口
柿子树下那一群蚂蚁
它们把窝挪了好多次
每次都被调皮的孩子故意捣坏
当蚂蚁们惊惶失措四下逃窜
那些家伙又蹦跳着比赛
谁踩得多　踩得快
我悄悄躲于另一棵树后
心疼得喊不出话
长大后　我对身边出现的
所有的蚂蚁均表现友好
心中充满敬畏和怜悯
有时　非要做出一个选择
我笨拙的身子偶尔扭两下
看上去比一只蚂蚁
反应还迟钝

· 2021 年 ·

◎ 邂逅

——读张淼诗集《采》

一

我轻轻走近你的失衡
柔弱外表下隐藏的小小骄傲
你说只想做个热爱诗歌的简单的人
你书写干净的诗行　邂逅美丽和芬芳
像爱护你的学生般珍惜你的每一个朋友
我想做你梦中那只绝世的黑蝴蝶
给你灵感　笑容　泪水　诗歌和黑马
给你沉醉的歌声　绽放的向日葵
给你月夜下丰盈的大葱花梦
它们属于你青春的珞珈山　无垠天域
我还想做你亲亲的笨小孩
你最挚爱的那一颗小小尘埃

二

想起你说的三个女人
再想咱们三个
在生活的玫瑰园里和谁抒情叙事
和谁见证岁月水乳交融爱过又忘记
那么多的演讲者说心疼

有谁告诉你太阳的预言和秘密
一次回眸心悸一生爱你的人
陌生的人　存在的人　路上的人
带给你伤害或痛楚的人
他们重复着一个又一个的可能
小满忧郁　南方多情　于你聪慧
相比去远方旅行　爱情并不虚伪
三个女人一台戏啊　我们的舞台
总是孤独地开放
却又魔幻般安然收场

三

我笑场了　同那些虚无的仪式感无关
我流泪了　为我们摊开的那些躯体
那个悄悄爬到你身上的人
那个偷偷地拉你双手的人
中年祭　我们蝴蝶般的秘密
孤独与矛盾富饶的国土
荒芜的山丘一场战争即扫荡干净

透过打工视角　无论从哪个角度
此刻我羡慕你的幸福和感伤
因为有他愿同你在床头谈陈超
关于朋友的果园及热爱理想国
任你飞翔　他愿守护你天然的灵魂
让爱的笼子铺满荆棘与温柔

真实世界

懂你的人什么都不会说

·*2021* 年·

◎ 生死记

某天
参加一位老师的新诗集分享会
她说　或许目前生命过于完美
挚爱的亲人们　都未曾离去
在我心中比较反感人们谈论死亡
她幸福　恬淡　优雅的面容上
难免让人忽略这世间所有的忧伤

我们所有人静静地看着她
这皎洁的月光下的含羞草
我们突然听见彼此的顿悟与心跳
在深夜无限延展的悸动
有露水轻轻滴落在花草上的声音
我似乎已习惯坦然面对死亡
当身边陌生的　熟悉的人们一个个离去

无论出于何种原因
我都宁愿相信他们生前是快乐　悲悯的
即便是病痛或意外　充满坦然　也心存不甘
我相信每个生命同尘埃一样渺小　似宇宙般浩瀚
我总无意识地对孩子诉说生命的轮回与无常
甚至渴望看到她稚嫩的脸庞上
涌现一丝丝对生命的不羁与苍凉

·2021 年·

◎ 名字

——读徐东诗集《万物有核》

万物有灵　万物有核
说它们是精神和物质的万千对立吧
一切孤独都无声　隐忍　丰盈
人世间绝不落下一滴小小骄傲
钢笔的倔强　墨水的侵袭
解说　传奇　众生的自闭与开明
文字　心灵　些许肉体和鲜血的碰撞
像浪花中那些更细微的姿势
翻卷冲刷得太快
来不及唤出它们的名字
有时　人们不得不停下来
给镜子中的那个自己洗洗澡
使劲揉搓　把毛细血管涂抹得锃亮
再拿一个已忘记名字的水果
坐于窗台用力地嚼
直到这座城市炫耀的灯光
照亮黑暗中所有的名字

· 2021 年 ·

◎ 空山

——读居一诗集《证悟集》

当所有人都惊于你的归隐与冥想
以及关于用诗的名义证悟这嗔痴万相
我却仿佛置身于一座空山
有时俱寂　偶尔听风和新雨
无关风月　生存死亡早已成极简主义
那山该有多辽阔　处处是翠绿的石岩
如果没有祈雨坛中那两只鸟的对语
我承认　自己已不会轻易为谁感动
那么巧啊　它们只在山间盘旋
读不懂这人世的悲欢
它们肯定不是我在茅洲河边看到的那两只
过去这么久　我扮喇叭的双手
它们飞翔的身影还历历在目
但愿我的鸟　如果某天飞累了
也会回来　飞到我的山上
我的书上

· 2021 年 ·

◎ 密码

——读不亦诗集《样品集》

数字排列组合　未来在无限延伸
它们彰显诗人的浪漫和野心
我们拍打或附和一些黑色主题的表达
用铅字笔做好记号　偶尔勾勒　点赞
并想象你是一个温和的人
蓄着长长的胡须　隐藏肉身和蘑菇云
你摊开的海岸线　牧场　水库
你到达的鬼针草　竹叶青　磨刀人
它们都是你虚构的太阳雨　造梦者
一群原始的密码开始排队唱歌
摇滚　唱内心的铁　《蓝莲花》
它们已唱不出当年咒语
“轮回不轮回　当下草木灰”

· *2021* 年 ·

◎ 安静

——读魏先和诗集《安静下来》

父亲带着秋天的心事　安静下来
儿子摊开青春的双手　安静下来
可可睁着清澈的眼眸　安静下来
童年房顶上的鼻涕虫　安静下来
辰水河依恋资江怀抱　安静下来
一株稻流落在大雁塔　安静下来
…………
他们如此寂静　悠然　在隐秘的世界
慢慢品尝你从西湖带回的那滴水
像你深爱的南方姑娘　拥抱着莲花台
她垂首　俯视众生　化解时光里的温存与风暴
珍惜你一路漂泊和笔下的功名
安静　雪精灵　你在南国觉得有些疲惫
你不忍打扰那些花朵的深情
安静下来　用爱和慈悲
你只静静积蓄一生力量呐喊光明

·2020 年·

◎ 蓝花草

它们长在园区的任意角落
即便没有一点阳光
都可融合绽放成一方花海
在这灵动　肥沃的土地上
探出一个又一个紫蓝色的头颅
对人世间的一切充满惊喜
它们不如兰花草的多色和宝贵
多情人儿唤深漂一族的期冀啊
寂静的疼　需要一小片叶子先做个侦探
红艳的　步履匆匆的异木棉花四散吹落
它们飘逸　肃静　在沉默中接近土地
你们的天真　执拗　像紫色风车
旋转在它们的秘密王国禁地
那些钟情于自省的性感　媲美
不可能是一种救赎　它们的容忍
让我想随意多采摘几株
送给幽园与荒芜　送给无辜与悲伤
送给黑暗中的呐喊与挣扎
反正　它们总带着紫色的笑
从不怕冷　也从不怕疼

·2022年·

◎ 小叶榕的屋顶

植物它们相爱　不需要表达
它不懂得人类复杂的情感
田园和道路　还有草垛和村庄
和那些在城市中迷途　忧伤
却怎么也不肯回往故乡的小麦
楼下两株六十五岁的小叶榕
被贴上现代化的二维码
它们撑开巨大的屋顶俯望众生
看那些摇曳的稻子　奔波的花朵
跟随河流和风呜咽着奔跑
每天像拨浪鼓一样踩踏它们的根系
它俩的手掌过于苍老 偶尔相触
也无年少放电般的执念　只能静静相望
像泥菩萨过河　自身难保　又互不打扰
累了的子民在它俩身下剃头　弹琴
撸串　跳广场舞　遛狗　卖凉茶　烤土豆片
我知道它俩茂密的枝叶中一定藏着
数对偷偷下凡的星星在歌唱
和一些突然在这个城市消失的魂灵
他们酗酒　说粗话　情不自禁哭泣
只要它俩不曾真正老去
他们就不会离开

·2023 年·

第四辑　南方叙事

◎ 栈板

何种原材料构造　某种状态最有呈现力的质感
肉眼触摸不着的关于力的来源　方向
木头　铁块　塑胶　这本来的鲜活
那些青春的流水线　种下了太多的果核
数不清眉目的收获　全然将抵逞于板的国度
从那一刻开始　开启全新的征途
阳光下的温暖　轻轻吹拂这利润的开心果
挺起工者的尊严　工厂的命脉　南方
被欲望渲染的 GDP　膨胀的尺子无限闪耀
堆放　装车　密闭　直至骨头碎裂
长宽适中　高度吻合　厚度毋庸置疑
只是抵挡不住人世的流年　负荷　叠压下灰飞烟灭
那些横七竖八的板块　在某些角落开始瑟瑟发抖
就像一个年老的男人　在颤巍中梳理满头白发
敞开即将掉落的老年斑　黑夜中独自抚摸
回首曾经的意气风发
五湖四海　处处留情　这种状态呈现力的质感
直到某一天　一辆废品清运车　把多余的载走
这里的一切仍然轰鸣　闪烁　匆匆流年

· *2017* 年 ·

◎ 招工记

一

七〇　八〇　九〇　〇〇
他们递出来的身份证
在这个用工荒芜的年代
本身已不具备太多意义
我仍然足够认真
一一核对　仔细辨认
偶尔会用我最温柔的声音
真诚提醒那些快过期的证件
和被生活一路磨损的褶痕

申请表并不复杂
测试题保留小六初一水平
大多数人却填写得些许吃力
我的耐心早已完胜我的亲和力
指点迷津　答疑解惑　仔细倾听
像个知心大姐一样　尽量把公司
记忆中的美好　如数家珍

很多时候
面对人们无数次不停地提问
还有少数朋友咄咄逼人的眼神
我不免错觉

仿佛自己才是那个来找工的人

二

摊开小桌子　摆好小椅子
整齐备好各种表格和笔
晚春的风微微吹来
工作证佩戴得要比
平时上班还齐整
两瓶矿泉水静静守护
动作娴熟自然
外加笑容亲切
就连工业园的保安兄弟
也看不出我这是第一次招聘
对每一位路过的人我都
报以最热情的招呼
看看吧　这福利　环境和人文关怀
加入吧　也许一场相识相遇的缘分
你说我为什么这么真诚
会不会是老板指派的什么人
我怎忍心告诉你
那一年　我十七岁
我的五叔带着我寻工
几乎徒步走遍了这座城
那一年　我二十七岁
我的五叔　他悄悄地
消失在这座城

从此　再也没有回来

三

我一次次直起身
伸出我略显粗短的脖子
我一次次双手旋转
像悟空玩转他的金箍棒
工牌上的我比现在年轻
那个好心的照相师傅
把我的大方脸修得
略显鹅蛋形
找工的兄弟姐妹靠近我
偶尔轻轻念出我的名字
还有的大姐会伸出手
用力地把它捏一捏
好像我是她亲爱的小孩
我如此乖巧
有时还会对着他们
情不自禁地笑一笑
又笑了一笑

·2018 年·

◎ 田字格

孩子们不停地在田字格上书写
老师说每个字都要写得
比吃饭还要熟
南方飘零二十载
还有谁会比一个中年女人
更怜惜那些虚线条
从北边到南边
这一生终被米牵绊啊
七岁的孩子只顾低着头
写完几行又抬头向我扮个鬼脸
左右砍杀　上下割裂　半包围穿越
横中线　竖中线　框不住
四四方方的命运线
好好写吧　我的孩儿
横平竖直　端端正正
如为娘这一生的清贫
未曾辜负“田”字的本真

·2018年·

◎ 销售出库单

被产品型号记录　被仓库代号分解
被格式化　规范化　程序化
阿拉伯数字翩翩串联着中英文编码
客服的签字温柔婉约　业务的签字坚定大气
会计的签字精密细致　库管的签字潇洒飘逸

我小心翼翼地整理着每一份单据
穿过红黄蓝白的页码粘贴　谨慎叠放
像手握前世的爱人和未曾出世的孩子
镜片下的我　从容大度　却那般恬静如水

显示屏和键盘习惯了上班的游戏规则
鼠标成了最好的分水岭
在针式打印机咯吱咯吱的悠然荡漾中
我们听到了它列印出来的正是贝多芬之《命运交响曲》

领导说　这些横竖相间的表格和线条
就是咱企业的希望啊
可高度近视的我　想想公司的服务价值观
左看右看　恍然发觉
其实它们更像那些坚挺着向前
再难也不肯迷途的青春

·2009 年·

◎ 植物的爱恋

这么多年　从北方到南方
我总喜欢抢先一步走在一些十字路口
给身边那些姹紫嫣红　所有叫不出名字的植物
赋予统一的称呼　黄花儿　绿豆儿　飞毛草儿
它们簇簇拥拥　时而窃窃私语
偶尔自视高贵的一株　只珍藏它自己的呼吸
它们最爱缠绵于你弯曲的手指　和我微突的牙齿
偶尔我用手指掸去一些叶瓣上的珠露
像你曾轻轻为我擦拭眼角的泪水
诗人空空说　一个背对太阳的人
永远无法体会向日葵　那种甜蜜的冲动和渴望
在路边我慈爱的看着张开的陌生花蕊
像多年前他那么认真的看我　眼神细小绵密
“飘泊的植物褪去了色彩和所有的热情，
穿行在岁月之间，用去多少青春时光，
换来悲痛与忧郁的忆念。”

·2023 年·

◎ 电源 AC 座

白色帽子　黑色引线　如小塔般坚硬
它们伸出的端口　在我面前倾斜成同样的姿态
像一个急需要表达的人　却突然不知该说什么
座底如此结实　隐忍　再强的电压　也经不起无数次击打
它们已习惯默默承受　每一个焊点的力度
焊接需要如此层次分明　它们偶尔垂首
仿佛身边的很多事情　早已同自己无关
关于套管的伸缩　韧性　从未失去耐性
不经意间阳台上飞过几只麻雀　它们飞过的影子
在车间的窗台上循环播放　它们茫然地抬头
这些密闭的空间里　它们多像一只只掉线的风筝
沉默着沉默　咽下所有的泪水和渴望
咽下一个青年诗人离去时的月亮和泥土
而被固定的一个个卡座　它们相爱相杀
白色排挤着黑色　黑色穿透了白色
如此深爱　如此伤害

·2017 年·

◎ 落日如花

工厂门口　有条二百米长的过道
有时我会放慢脚步　合眸
想象一些并不存在的鸟语花香
偶尔会追上前面的人　故作镇静
微笑着寒暄　昨晚加班到几点　最近过得怎样
我想要的韵律　它们更适于机器的轰鸣
那条宿命的流水线　我偶尔过于夸大它的模样
这个黄昏　我只是无意抬头　那轮落日
红润如盘　沐浴光晕　我心如莲花
何处惹菩提　那诱惑的红　引领我走向它的中心
多想停步　拥它入怀　告诉它我多年来偷偷流泪的秘密
此刻大步往前　仿佛被指引至另外一条写满春天的路
只是难忘村庄　少时的悲苦　风吹过黑房子
这一切　对于阳光　明亮　爱这样温暖的字眼
我远比身边的人更多些敏感和珍惜
饥饿怂恿着　我无限渴望和贪婪
在布满秩序的厂区里　我的孤独在垂死挣扎
这美好的景象　连喜悦也忍不住战栗
我边走边伸出双手　手指搭爱心圈　把红保存
我多想抱紧它　让漂泊的脚步　从此不再冰冷

·2017年·

◎ 静止

多么不愿拾起这只漂流瓶
这生活无所不能的万花筒
多想在泥文的诗句里一起停下来
把打工停下　把年龄停下
把抛却故园的咒语停下
把所有关于行走的
压力停下　我想拥有的魔力
前世　我一定会是女儿喜爱的
那个巴啦啦小魔仙
我把所有的人都定格
然后只剩下风
在这个偌大的工业区里横冲直撞

·2017 年·

◎ 凝望工厂

有多少个轮回　痴迷的宿命
来来去去的晕眩中灵魂在跌宕起伏
从遥远的土地上萌芽　这生活的枷锁
人们臆测了千百种幸福
在南方工厂的某一泊水土中生根开花
那些模式下的影子　日渐消弭
一片片忧悒的眼神　在秋风中战栗
门卫室拥挤着几个风干的身影
我猜想这一切同公告栏中那份辞退名单有关
他们一直挥动手臂
我们无法甄别他们曾被抽打的忧伤
关于我们同样的身份
我们为之奔波的老人和小孩
我们只能偷偷躲进工厂某个角落
看夕阳把他们的脸庞照亮
缓缓地　一步　一回头

·*2017* 年·

◎ 风扇对着吹

这个房间会不会过于狭小
你买的那台风扇整夜对着我吹
使用过于频繁
它的脖子好像要断了
人生　总有些东西
坏了　就让它坏吧
修得再好也不如当初
我们偶尔在这儿弹琴
从网上拼了几套廉价衣服
你问可不可以申请退货
我的目光为何如此留恋
这个空间衍生的世界
它盛满了书本和几群激情的虱子
那些细如牛毛的小书虫
它们在文字上面缓缓爬行
我常常百无聊赖地尾随几只
并用食指轻轻去摁死它们

·*2018* 年·

◎ 在薇薇新娘合影

这不是我们娘俩第一次拍照
确是我们娘俩难得的如此
亲密接触
在摄影师的指引下
我们彼此深情凝视
那长长的几秒钟啊
比过去的七年似乎都要漫长
亲爱的孩儿
有一瞬间你的眉眼闪动
眸中写满惊喜和期待
你小小的身躯战栗着
向我靠近
你如此小心翼翼地圈住我的腰
亲爱的孩儿
你真的可以再用力一点的
用力圈出妈妈的坏脾气吧
再用力一点点
搂出多年来　她疲于生活和工作
疏于对你的照顾
搂出深深的愧疚和抱歉

·2017年·

◎ 阁窗

需要什么样的仰望　注视　探究
同我们对立的建筑物　它急于闪躲
那些晾衣服的女人光着膀子
透过一株无名的盆景　有个男人
把自己抽得像个烟头　弯曲的电线杆
不停奚落空心的水管　几只鸽子
在楼梯的阁窗迷了路　静物　疯草般
就像一个男人丢了他心爱的女人
为活着卑躬屈膝　不合时宜的音乐
小麦啤酒暖胃　那个朝圣者已锯掉了盲肠
每个窗口抛出来的经书　逐渐圆满
密闭的王国　多了一株向日葵
我们的眼神不小心弄伤了一位老人
透过那五十米空气　他送来一个微笑
我脚下的建筑　顷刻崩塌

·2015年·

◎ 每个圆都有一条裂缝

今晚的新安大桥睡得很安静
些许细碎光亮在缓缓移动
它们如此温柔驶向守候的那盏灯
蓝色多瑙河在夜晚停止歌唱
两座城人们的距离越来越近

电话中　你悠悠叹息
你我之间终究会越走越远吗
你说此刻站在 24 楼阳台仰望星空
等待你那习惯晚归的爱人
她是一个非常能干的女人
只是不擅长家务
你们没有孩子　养了十只可爱的猫
你的世界只剩下熬夜和颈椎疼痛
用策划换酒钱　熬数不尽的创意

我们的孩子早已睡下
她的臭脾气像我　那时你说过
倔得像一头小驴　她摊开的课本
国歌声中　五星红旗正徐徐升起
她的祖母是一个勤劳善良的老妇人
孩子的爸爸现在越来越胖了
偶尔陪孩子下盘棋还把她弄哭
他喜欢趴在被窝玩手机到深夜

你看生活都不会像新安大桥那般乖巧
其实每个圆都有一条裂缝
少数的人们蔑视它
更多的人在习惯容忍中
默默磨平了它

·*2018* 年·

◎ 你说　跟你回家

无论阳春三月　还是秋水长天
我们总习惯　一如既往的约定
带上彼此最真的梦想和疯狂
我们一同走过异乡的街道和繁华
不带走一片梧桐叶　我们把家安在黄山脚下
一辈子为自己打工　打出一个
炊烟深处的农家庭院　落花流水后的小桥人家

在那里一年四季瓜果飘香
晓鸡晨唱里　我们牵手看太阳
彩霞片片中　我们把自己相偎成山顶的千年古松
我们在风中吟诵豪迈　苍茫和婉约
我们满怀深情地把小日子像诗行一样地拼凑

你说　跟你回家
我们的家门口必定流淌着一条青溪
在那一波水床里　定是白鹅高歌　鸳鸯戏水
你会很有耐心地　帮我洗涤长发　编织花环
你会在对面的山坡上　种上千百棵小树
你会在家的两旁种上兰花　水仙和满畦的红玫瑰
你还会给我做这世上独一无二的饭菜
百分百纯天然
将我喂养得更加水灵灵

你说　跟你回家
也许在飞机和高速公路的幻梦中生活得久了
回到小麦和稻花的身边　会恍如隔世
像个初来乍到　刚出生的小孩
即使大头的我会把家中弄得鸡飞狗跳
你也只会捏捏我的鼻子　轻轻唤我小傻瓜

你说　跟你回家
我们一同卸下这么多年的风沙和寂寞
我们暖暖的身子　仍然洁白无瑕
在大自然的安谧和纯情里
我们一同将南方遗忘　生养两个孩子
他们一个姓你　一个姓我
像瑞雪中的绿苗　他们在开春快活地成长

如果不发生什么意外
他们也许会像我们一样　慢慢老去
如果　就算发生什么意外
他们也不会像今天的你我　偷偷怀揣一丝喜悦
又如此这般惘然
梦想　回家

· 2009 年 ·

◎ 爆胎

碰撞　某些不明来历的刺激物
暗礁汹涌　散落一地螺丝扣
胎心轴枯萎　打战　钢圈　铁片
支架下的躯壳　骨骼神经衰弱
漂泊者的礼拜经　嗅觉迷离
心焦一个瞬间　汗水遮挡视线
仿佛供养的香花憔悴　将要陨落
剩余的力量很难撑起单薄的皮囊
旋转的阀门在翻滚　一颗迷路的头颅
行走的老人　扶起散落的几斤大米
发黄的菜叶包裹些碎肉
那个断臂的青年　后脑勺跳跃
他想把三轮车踩向某个工业区
突出的青筋　比肩膀还要倾斜
时间在某位孕妇的体内停滞
她身边的男人茫然失措
明明憋足气　想驯服一场狂风暴雨
生的气息　行走　我推着它们
推开冷漠　不解　同情　鄙夷
被爆胎灼伤的气息奄奄
需要缝补　阳光下那些炫目的黑洞
老板混浊的眼神　过滤一盆清洗
无处可逃的肇事者　强力胶黏合
他总是吟唱着一些愉快的歌谣

似乎想安抚我们这群泄气的心灵
我驻足聆听　虽不曾想起曲调
我舍不得那张黝黑微笑的脸
我突然想起了泰戈尔的那些
微妙幽婉之诗　不拒绝生命
而能说出生命的本真　亲爱的人啊
于是我们都继续憋足气
在下一次的爆裂中
沉着　俯伏　匍匐前行

·2015年·

◎ 表达

你曾给予我的秘密　如今
睡得很安详　除了这座城
谁也无法靠近　成为它的朋友
从一杯白开水　梳理茶　进半碗咖啡
垃圾扔了三遍　那封初次相遇的信件
缝补了几个角　静静地把身体清洗
你曾经热烈如火的目光
失魂落魄的偶尔恶作剧　幻想
你依然会被气得坏坏的模样
突然的梅花针袭来
我拉着见心的手　开始抚摸自己的脸
时间走着走着就把距离宠坏了
你的笑容成了某种工艺体悬挂
我用唯一的语言给你重新取个名字
你给我的那些信件已排好队
回忆那首忧伤曲子的弹奏
希望的琴谱　吟唱《十面埋伏》
在黑暗中　我悄悄携星星一同检阅
那时多么深爱和痴迷的广场啊

·2015年·

◎ 数恋

一排数字　两排数字　无数行
一列数字　两列数字　无限列
任意搭配　巧妙组合
最原始的价值却不过为 0

我们的视线模糊　闪光重现
灵魂隐约不安　很想从臀部抽离某部分
日趋萎缩的大脑　计算机注入的 X 光射线
用每天十小时的能量　换来生的力量

每份数据都是闪光点　自有它们恬淡的精彩
跳跃　与客户过招　把结果罗列
某些瞬间　表格就是老板编排的命运
利润充满灵气　像一支免费的强心剂

年少时我们都患上数字恐惧症
身为女性在时光的某一处　活得亦真亦幻
那时略携羞愧心　以为追求数字就会带来铜臭

天晓得哪个是月老　让我们与数字深恋
一日不见　咋能畅饮三秋
吴刚笑我喝错了他的桂花酒
注定得同数字　报表　回款撕扯不清
以及生活进行式中那些很有必要的总结　汇报

也许面对数字　长期以来
只是少了那个如亲人般的　长长的吻
也许只是害怕　曲水流觞的背后
我们该用何等悲悯情怀
去感受即将抵达的半世人生

·2014年·

◎ 搬家

一只没有线的风筝　一棵没有根的小苗
它们不知何为家　为何搬家
城市是沃土　有高楼拔节　地铁增加
还有太多恍如麦浪中的稗草
即便人们理所当然铲除　或者随手抛撒
它们依然会活得日复一日　枝繁叶茂
在城市的角落里　开花结果　枯萎重生

我常常不明白　我们到底要为谁搬家
习惯风里来雨里去不带锅碗瓢盆的乐章
在一些斑驳拥挤的屋檐下
我们是如此熟稔地和陌生人成为邻居
甚至不需要太多语言　几许防备
只因我们都有同样的过往和表情
走向一扇低矮的门　和爱人吵架
顺着隔壁家的电视剧剧情发展
推测想象吹嘘我们不灭的理想及未来

我常常害怕听说到底要卖掉哪些东西再搬家
因为总在那个时候
那些缺胳膊少腿的桌子柜子似乎也对着我笑
如若打包的纸箱不够
水壶　杯子只能钻进我们被褥和衣服中求生存
阳台上那些衣架开始在微风中唱起别离的歌

在生活起伏的节奏里　1 是来 2 是去

长期以来　我总很天真地认为搬家只是女人的事
她们细腻　钟情补贴记忆和生活的碎片
每一件家什　每一处足迹　都是爱的证明
而多数男人的搬家
行动很干脆　行囊好简单
如果抛掷开梦想的天堂
仅剩下他爱的那个女人和女人爱的它

· 2013 年 ·

◎ 电池厂

故乡的一半是正极　看似挺拔
漂泊的土　掩盖我半生苍老的血
从负极缓缓流出　抽搐的指纹
携同我的名字一起被收容进
那座打卡机　定时器在闪闪发光

夕阳下　我注定是那款被中和了的
聚合物　佝偻的身影　厚厚的镜片
在锂子的倍率里　被莫名的端子点焊
在这个浓缩的空间里　加锡　包边
任凭那些红黑引线把我接向何方

我多想像串联一样活得方方正正
剩下的孤独像并联一样隐忍　坚强
让所有同容量有关的智慧　思想　胆怯
在电芯爆烈的恐惧里　喝血　剔骨　把跳动的心装进分容柜
它们不得不把你和尘世一同遗忘

故乡的一半是正极　看似远方
那儿电流凶猛　我遗忘你的时候
偶尔满怀梦想的时候　电压波动
迷路的时候　我并不曾真的哭泣　在这座城市里
只把自己像负极一样　轻轻溶解　慢慢输出

·2015年·

◎ 手

我们争相从窗口出镜
呼喊着她的乳名
年前寄回的那件小红袄
奶奶把袖口洗得发白
我略施脂粉描了个眉
老公也换了件新上衣

孩儿不停地扭动着脑袋
她懵懂的表情甚是茫然
她张开小嘴　睁大眸子
好奇地盯着屏幕上的景象
老人们开始轮番在她耳旁发话
宝宝　快叫爸爸妈妈

那是你的爸爸妈妈
孩儿突然伸出手
一下　两下　停了几秒
对着我们挥了挥
突然转过身
紧紧地抱着奶奶
谁拉也不再回头

·2018 年·

◎ 我的豆沙包妹妹

妹妹　我的卖包子的妹妹　我亲亲的妹妹
我那每天深夜两点起床的妹妹
你千里之外两岁的女儿还在熟睡中　她在梦里喊妈妈
她可能尿了床
你为陌生人做着早点
在所谓的成本和利润间你开始笨拙地折算
一毛　五毛　一元　折算成你在这座城市活下去的全部秘密
它们折成了房租　铺面　进场　东家的茶水费
剩余的你羞于启齿　你只偷偷地把它们
折成了你的失眠　你的白发　你和妹夫黝黑黝黑的爱情
年轻的异乡人　同包子一起生活
这座城市已难以容忍他们的吵闹
你变着花样　做着红豆包　香菇包　瘦肉包　鸡蛋包
你恨不得把自己和成一个包子　去亲亲陌生人的胃
亲亲这座城市的胃　看看明天他们都喜欢什么样的味道
妹妹　我的卖包子的妹妹　我亲亲的妹妹
有时我也会做梦　梦里我全身都贴满你做的包子
我在这座城市里飞　逢人就喊　吃包子喽
可是我少了一双翅膀　没一刻就跌落
我能为你做什么　除了每天吃你做的三个红豆包
除了每天悄悄放进你的口袋几枚硬币

· 2015 年 ·

◎ 真功夫

在快餐店里
我点了一份瘦肉粉条
偶尔分享女儿的
蜜汁排骨饭
或许是因为未到饭点
我们似乎都未吃出
以往的味道
于是我们开始看风景
此时客人却寥寥无几
好不容易进来几位
但都说要打包
女儿很无聊
突然指着我身后的
画报问我
这个人是谁
我说他叫李小龙
是一个了不起的演员
他有很厉害的
真功夫

·2018 年·

◎ 真相

长期以来
我总以为是那些丝袜厂　裤子厂　裙装厂
某个善良的工人不小心　打了瞌睡
连带机器跑线走神

长期以来
我总是如此实诚的人
乐此不疲　穿着它们向身边的人们
示范　提醒大家
购物别犯我这样低级的错误

直到某一天
我猛然发现
这一切不过是我的错觉
真相原来只是我的左臀大于右臀
这令人羞于启齿

我常常不经意伸出左手
偷偷地用力捏着那一大团赘肉
就像抱一个失散多年的朋友
泪流满面　却长时间
怎么也想不起　他的名字

·2018年·

◎ 重复

遵循某种特定步伐
不屈折腾
在人潮涌动的路口　放肆回头
我可以把厂牌偷偷塞进
上下班的手提包里
可无法把自己压缩成一只鸟
终究飞不过　那四扇安检大门
我多想把指纹
印在那个保安兄弟身上
识别成功
我很骄傲地证明着自己
在南方的血液里
我孤独地游历了一圈
满世界的喧哗
我又回到了这里
人声鼎沸的办公室　1：1：1的女孩
那曾经定格和消失了的青春
某场订单和报价的赤裸演出
关乎我的沧海
在这儿　波澜不惊
就像一切未曾发生
从零开始　我的脸皮早已
厚得失去羞耻心

·2015年·

◎ 桥下的美食街

冬天适合思念　在某个黄昏
适宜听风　幻想意中人的模样
也可以像叶芝一样的多情
靠在炉火边读喜欢的人的诗集
闭上双眼触摸　炽热的情怀
一辆轻轨电车的鸣笛让谁的忧伤开始愤怒
开始跌落　或者与陌生人有缘
像城市里一次意外的相遇
这个季节更多只有归途
不适合散步
特别当新安大桥上面的灯光亮起
像两排通红透明的心脏
握握手都只能伸向远方
不适合独自走在这样临时的美食街
几个桥墩就安排好了铺子
陕西凉皮　荷叶糯米饭
老面烧饼　新奥尔良烤鸡翅
山东煎饼馃子　北京炸酱面
“文记鲜蚝”四个字金光熠熠
人们下班后相拥会聚
他们的吃相酣畅自在
他们的笑容比路边的木棉花还要鲜艳
卸下一天的疲惫　这些小小的路边摊
饱含生活全部的滋味

头顶着呼啸而过的车辆
我小心翼翼地从人们身边走过
怕惊扰到这些放肆的青春
和曾坐于某个角落　一边跺脚
一边大口咀嚼的自己

·2019年·

◎ 时光·沙漏之城

一

一头又一头沙漠骆驼
在某个工业区门口
它们张开瞳孔　把满身疲惫
轻轻托付给一个陌生的女子
她摊开的手　也刻满岁月的茧子
因为说话过多　声音有些嘶哑
是碰撞和隐瞒　是拼搏或者后退
来吧　勇士们　让我们微笑
咳　谁都负重前行　这憨憨的女子
她掩藏了太多的忧伤
她那双无比好看的眼眸
布满深深的血痕　它们看不到
骆驼们一遍又一遍说
我们要找绿洲　找绿洲
女子什么话也没有说
让它们把耳朵靠近她的胸膛
我　带你们找绿洲

二

谁的旅行不应当是那样
尽情挥洒自由　追逐重点科目

还有意犹未尽的欢乐
再多的条条框框　也不会影响
我们偷偷的曲线行走
有时那些熟悉的景观看上去
无比温和的人　于我们确是陌生
我们相遇的土地有些安静
人们敬畏那些制度　权力的威严
它们执拗地微光闪现
人们的心开始色彩纷呈
它们更适合温润的水域
每一次我们会心的怜悯与欢聚
那绝不是旅行的终点
谁说我们是海沙　被风无意中吹起
看　我们的船才刚刚起航
双手正紧握桅杆

三

噢　起风暴了
这平静的海面
莫非遭遇传说中的水怪侵袭
无边的暗影在天际飘摇
仍有些许光斑在突出重围
人们袒露着最原始的表情
要么一起跳入魔域般的海涛中
要么选择偏移航道
在一艘类似救生艇的什物中继续颠簸

没有海岸停歇
这生命的帆　总需足够坚韧
风雨过后
还能闪耀着魔法的光圈

四

哦　我们不必忧伤
既然选择这远方的漂流
谁不曾在幽暗中沉沉浮浮
一种资本的运作方式
我们偶尔走近　骨头就会生疼
在冰冷的机器下面
我们能给予彼此的爱　都这么少
除了眼神带来温暖
我们伸出的手腕生疼
我们匆匆而过的背影生疼
我们汲取信息的声音生疼
我们像沙粒一样的淹没
再次拉起船只的地方
只有一排排瘦削的银色树干
扎于泥土　在风中呼呼颤抖
我们转瞬即逝
在这座沙漏之城
我们品尝过　移涌过
我们终将与彼此的影子强强联手
踉跄　犹疑着飞行

五

长一百米　宽五十米
一样的三到四层
那些回忆像影子一样摇摆
那首欢呼的歌还偶尔响起
只是再也听不到熟悉的脚步声
一声嘶哑的问候都弥足珍贵
女孩抬头　回首
来去之间都是坚持
仿佛刚从母体脱落
泪点很低　像人类第一次亲吻地球
第一次发现亲人的微笑
把面积丈量　数不着调的步子
小碎步可以隐藏内心的忧愁
大跨步适时送走焦灼和饥饿
一个人的汗水不多不少
留下细碎的灰尘和桌椅
相爱的人们请说再见
机器　电脑　文件最后统统被裸露
那些背影都越发虚无
像一张张打鱼的网
带来无尽的海水和孤独

六

人们用科技与智慧　探寻一条海底隧道
那黑色的空洞　像夜一般静默
众河之神起舞　邀你的灵魂一起歌唱
在迷乱中我追捕你的目光
没有谁知道你真正想去向何方
海水汹涌　海岸迷离　海风怒吼
你说有些恐惧就是放之四海的真理
当海水要涨潮的时候
你一路不停抛弃那些惊愕的鱼
大自然的怪物　一小阵风就足以
使你抓不住手中的船桨
每日风暴来袭　颠簸的人们
所有的幻想都寄予你身上
你走到哪儿　如飞瀑泻过
你的心在漫游　不顾人们茫然的表情
在深不见底的海洋一次次起风
泡沫之浪　在长长的隧道中翻滚
像溺水者一样挥舞手臂

七

人们悄悄地行进着
从一片海到另一片海
只要有水的地方

再小的鱼儿也可以成长
像秋天的树叶同树枝告别
它们努力扮演金黄的颜色
纯朴的人们
相信那是一支丰收的曲子
你说　都来吧
不过是一条溺水男人的河流
你只同智者对话　同富有者交流
你忘记再小的鱼儿遇水也会畅游
那些远航的帆早已扑向汹涌的大海
于你　他们让心中不甘留个念想
无边的海洋
终将把人们一起推出地平线
在与阳光交汇的地方
他们再次重生和燃烧
在这辽阔的疆域放歌
那是我们的祖国

八

那片惊涛骇浪的海
送来古老的螺旋桨
前仆后继的沙粒们
在大海上奋力航行
时光　这世上最公正的使者
它带给全人类一样温柔的触抚
因为前行的路途难免艰险

一路走去的人们才愈显可贵
穿过大海和食人鱼
谁不紧紧拥抱着一只少年派的虎
穿过盆地和漫天风沙
只要信念的帆不倒
谁的绿洲不常驻自己心中
水草丰盈　鲜花如锦
时光　击透所有生命之树
在大地上放肆呼吸
我们从母体中有备而来
再深呼吸　调整欲望的矛
看远方绿洲与沙漠　殉道孪生
这里长长的海岸线妖娆
憨憨的女子　在诗歌中清洗
城市里憨憨的希望和忧伤

· 2019 年 ·

◎ 病中记

一　阳光影子

从医院的体检科回家
贫血的女人　晕睡四小时
从栅栏　阳台衣物缝隙中透过的光
影子很长　像婆婆长时间
未换台的电视机　还有
给她备好的红枣乌鸡汤
无论何种亮度　胸口总是憋
嚼两条粗黑的鸡腿　骨头赤裸裸
胃液翻涌　像门帘翩飞
那光始终是平行的　像人生
交叉不到任何意外的惊喜
找不到自己的影子
像空气般透明　像这个下午
弥漫的皱褶　因为必要的
生命的一些修补　检验
莫名地证实着行走的优良品种
小区业主微信群中人们在放肆地讨论
那些上下次数过多的电梯
已提前老化　要更换滑轮
还有悬挂的绳索　我们业主
需支付更换费用　最近一年
大家已额外承担三次　物业却没有

任何有力证明　我走出阳光
我突然看到自己的影子
在电梯的不锈钢门上
渐渐未老先衰

二　内疚

这个春天　他失业了
半年之后　她也失业了
公公糖尿病刀口难见愈合
又突然脑梗　心梗　似有中风征兆
所幸医生说多是肺部问题　当然
心脏搭桥在如今也只是小手术
一笔费用准备充足便可
孩子的成绩直线下滑
已连续一周被老师在班级群中点名
……人到中年

……曾
第一次趴在办公桌上睡了两小时
第一次向公司领导开口请假
第一次感觉比八岁的女儿还要小太多
第一次三天关机抛开所有电话和讯息
第一次冷静地思考死亡和重生
…………
遗憾太多　却没有任何畏惧

只是　若无这场重感冒
我还不明白自己
第一次对这美好的生活
会感到　如此内疚

三　咳

弯腰　摁肚　压嘴　并不存在的痰
办公室　车间　某个路口　街角
让我们的舞台日渐孤独
即便在午夜也让人羞赧
精神绷成弦　拉开以往剖产伤疤
这五个多月的胎儿在我肚中不停抽搐
仿佛呐喊是种天性
我忍住所有的西药
忍住整晚的偏头疼　虚汗乏力
也忍住朋友提供的特效药方
可不能忍住关于中药慢性调养
桂枝汤　麻黄汤　小青龙汤　甚至
在当当购买了一本《本草纲目》
幻想成为一个神农孕妇　新尝百草
而白天　因为咳
我尽量地弯腰　提前抑制
死死捂住肚子　夹紧双腿
却怎么也忍不住
不由自主流出的尿液

四　温度

电视上一群平时我很欣赏的演员
他们不是大牌和一线
他们演得很好　剧情小有些拉长
我拖着虚无的身体
在两碗黑黑的中药面前
摆满红糖　白糖　芝麻糖　蜂蜜
感觉他们可以适当歇一歇
甚至在戏里生场我这样的病
有天女主角被车撞了
成了植物人　亲人一直在
努力地唤醒她　陪伴她　照料她
我突然望着身边的他
说　如果有一天　我也这样了
你将会怎么对我
很快　他轻轻地说
不这样
还能怎么样

五　同情

我趴在床沿
一把鼻涕一把泪地说
我真的好想我妈妈了
八岁的女儿很可怜地看着我

突然紧紧攥住我的手
眼神中满是同情
我没有告诉她　我的妈妈
她六十多岁的外婆
在湘西老家
刚才在电话中的确说
她现在真的很担心我
她昨晚在梦里听见我大声向她呼喊
只是她身边刚满周岁的孙子
比我更需要她

六　两极

她说着突然就哭了　不停絮絮叨叨
自我肯定　自我否定
像重感冒的两极　风热又风寒
在爱情里　她说被动地等待与承受
感情没到那一步　难免患得患失
算是安慰抑或是交换吧
我努力对她说出自己尘封的初恋故事
内心早已不介意把一些名字大胆重复
朋友啊　但愿你早日忘记昨日的梦
哲学家说“当所有销声匿迹时
所有一切都会被湮灭”

·2019 年·

◎ 散步

天南地北的朋友在微信群
晾晒他们散步的沿途风景
似乎每一秒生活都可以拍成一部大制作

我们也快两年没在家楼下走走了吧
我们仿佛早已忘记这人间烟火和琐碎

“衣店缘”老板仍然那么热情
只是她那些服装对我已无半点吸引力
“独舌小钓”旁边突然有了一家“李记夜宵”
男人女人都叫嚷着大碗喝酒　吃肉
“方程式学车”紧挨着“千里马学车”
两边的老板都在热情地招呼客人喝茶
学不会不要钱　考不好全包过
那个贴手机膜的美女在小区门口悠闲地
逗着婴儿车中的孩子
她似乎从不在乎这摊上的生意
…………
而我最羡慕的却是那些在十字路口
放肆跳广场舞的人
我真的好想拉住他们中
任意一个　问
十万个为什么

·2019年·

◎ 断片

夜色如此安静　城市睡了
那些爱过的影子不会再回来了
孩子睡了　亲人睡了
在心中多次默念　那个热爱的名字
却一辈子也不能喊出声
她盯着镜子中的脸
从记忆中的五岁到三十五岁
嘟嘴　卖萌　即将步入中年
不再挺拔的胸和臀
还有腹上二次剖产的疤痕
粗短的腿和黝黑的手臂
手掌中隐藏的茧
每天上班十二个小时
那似乎永远不能添加数字的工资卡
虚实交替着的事物或美好
她总是很浪费　水蓬头一直喷洒
她是故意的　请原谅这个自恋的女人
她此刻不停转换自己的躯体
托腮　偶尔抬起高傲的头颅
思考如何给那些赘肉拍本写真
她想起卡佛的诗句　“最后的断片”
她猛地把水龙头开关拧到最大
蹲下身　抱头　泪如雨下

· 2020 年 ·

◎ 天空之城

天空之城　多好的名字
在天虹购物广场这栋建筑的第八层
它铺洒阳光　激活快乐
孩子们的童真和笑声像浪花飞扬

小小过山车　超短滑滑梯　惊险铁索桥
多彩城堡屋　疯狂的蹦蹦床　大大的篮球场
多想留住一个又一个美妙的世界
天空之城里大人们跟着欢呼　翻滚

此刻　我只愿静坐于天空之城一隅
手摸你在微信朋友圈的点赞
看漫天的孤独像潮水般向我涌来
你好看的侧脸
在我的手指尖动了又动

·2021 年·

◎ 一条线

一条透明的鼻涕线
从六十八岁的家公脸上挂到了
一岁半的小宝脸上

伴随着各式各样的咳
各个不同年龄阶段的药物
像万千天兵天将
静等我们的各式布阵

· 2020 年 ·

◎ 在住院病房的走廊上

房门敞开　房门关闭
房门在微风中摇晃
给人们战栗或歌唱的秘密
在生命的火焰和苦痛里
谁也做不了英雄
羞耻心比天赋还珍贵
哭号　畅聊　呻吟
一墙之隔的背后
无数丰富的空白闪耀
这儿所有的故事没有公开
但结局早已掩埋
门上的医院广告语
千年松枝张开它迷路的五指
以人为本　健康为先
人生的光圈倏忽即逝
你突然只能静静地站在那儿
在黑暗中铺开一生悲伤去治愈

· 2022 年 ·

◎ 味道

一场小小的社区文学赛事
把我们几个文友安放在一起
阿凡老师说带我们去吃牛杂
在灯火阑珊的沙井街头
青年小说家楚桥脸上闪过异样的光
他曾是一名失败的牛杂店老板
今晚他不断地用他曾经的专业教我们怎么吃

有文友突然提议
不如大家都说说
记忆中最好吃的东西

素云说只要是妈妈做的　什么都好吃
阿丽说最欢喜弟弟从田间捉回来的青蛙
楚桥说感觉没什么能胜过他儿时吃的竹子蛹
在缺少油水的年代　烤起来特别的香
异相异秉的老段说没有　真没有

他们齐齐看向我　我突然不知该怎么说
我最怀念的味道那时并没有被我吃进肚子里
一碗普通的鸡蛋汤　一点油　一点盐
没有葱花和味精　小弟一人吃一个鸡蛋
二妹和大弟分吃一个鸡蛋
我偷偷用力闻了闻汤的香味

然后装着很饱的样子把碗推给长个儿的大弟

那香甜的味道那么铭心刻骨
它伴随我这半生穿越多个异乡城市
它们在城市的霓虹灯中无数次飘散又收回
而今　我一直奉行
吃什么　在哪儿吃　都不重要
只是同谁吃　很重要

·2022 年·

注：竹子蛹，是一种虫子在未成年的竹子尾部放的卵，靠吃竹子尾巴的嫩笋成长成蛹。

◎ 上瘾

打工的中年女人
把生活惯性分配
物业　水电　孩子的午托　全家一日三餐
还有电话费　停车费　医药费　老人体检费
朋友们的喜帖　小区群中各色美食接龙
十二岁的女儿和她有了共同的秘密
关于卫生费　她想一百元应足够
孩子却向往双倍价格的新款式
每个月雷打不动的三百元书籍购买费
是她对自己多年打工的奖赏
却常常不得不走马观花似的阅读
在拥挤　略显凌乱的出租房里
新朋旧友们被罗列得甚是齐整
但仍没法阻挡　它们一同沉默地对抗
这个对生活上瘾的女人

·2022 年·

◎ 我想和你一起读

我想和你一起读
读世间美好的文字　远古传说
读似水流年　欲说还休
在早春的微风里
在盛夏的阳光里
在金秋的收获里
在寒冬的炉火旁
从晨曦的安谧穿过落日的苍茫
像星星无尽守望月亮
像婴儿的呼吸紧贴母亲的怀抱

万物时有禁忌　人心处处繁华
我想和你一起读
让你的指尖划过我的指尖
让掌心的战栗安抚胸中的暖流
当我们打开同一本书
在某处目录和章节里亲近
我们心中共同的秘密
它们荡漾着　拍打着　像风帆驶入海洋
唯有爱在一本书里轻轻展开
那没有禁忌的思念

· 2022 年 ·

◎ 仰望

——献给高楼外清洁工

35 层的高楼　某间会议室
人们正在讨论　关于《易经》
弗洛伊德　关于柏拉图
一个又一个终极哲学命题
他们的微笑或怒骂　事实上无解

透过巨大的玻璃墙
他们看到了他们　他们彼此凝望
那一刻时间被生命牵引
生命在风中轻轻摇摆
人们祈祷每天都艳阳高照
家的命　希望的命　爱的命
他们一次又一次拉紧了绳子

他们突然停止了关于哲学的辩论
演播的 PPT 像大海一样平静
从来没有什么救世主　只有陌路的选择
在精美的地平线取经　扭动的蚂蚁
仰望他们　如蛩蛩距虚攀缘
愿千万个窗口
泛着微笑的光

· 2022 年 ·

◎ SOS 报警　轩轩求救

从深圳宝安到东莞横沥
不到两小时车程
中间发过一次微信　打过两次电话
他们都没有接听

忽然　亲情号码发来一条信息
轩轩在长田路 15 号
发出 SOS 求救信号
请您确认　宝贝是否安全

她毫不犹豫拨打 110
回答接线民警的详细问话
她开始抽泣
全家人除她都在车上

在第三个警官电话过来的时候
她终于在电脑上看到女儿的微信
喊　妈妈　你好吗
此时她已挪不动双脚

她颤抖着回答民警的问话
开始语无伦次　开始愤怒
突然趴下　号啕大哭

· *2020* 年 ·

◎ 四方

这四四方方的天空　干净　湛蓝
远离笙歌燕语　权欲的游戏　有着四四方方的安保
这里的务工者单纯　便于管理　只是看不见
那斑斑青苔　细小黄沙　被修复的下水道
规则下的劳动者　缺乏幻想
于是你说　这里春意盎然　人们情投意合
车间白炽灯二十四小时闪烁　那年轻的姑娘
她偷偷对我说　最怕没有班加　密闭的仓库
人们担心各种电子物料着凉　感冒　心甘情愿
堵得密不透风　人们习惯了呼吸
生存的费用多么可贵　赚些钱真不容易
那拥挤的办公室　声浪涛涛　这规则的空间
偶尔也有人站起来狂笑几声
目光所及之处　人们都鼓起喉咙
也许因为心计　也许是人性的褶皱在做祟
这四方的天空下　你所想象的　但愿没有伤害
每个生命　都在岑寂中燃烧　每次奔跑
每种模式化的轨迹　剥蚀着遥远的想念
每次进出工业区　我总会在大门口停留几秒
抬头看看天　这四周的一切　惊喜于晨曦中一抹温暖
月光下数星星的模样　我也总是这样想象
这四方才是最能给人安慰的

· 2017 年 ·

◎ 路

一场夏季阵雨过后的亲子运动会
它并不是很规范　没有条款的约束
它反倒显得更加科学
在这个工业园的广场上
熟悉与陌生的人们都露着温柔的笑
我们第一次牵手上场　我似乎比你更胆怯
我在黑眼罩下胡乱猜测
第一次被你牵着走　我会有多笨拙
我的脑海中闪过你一岁时学走路
我大声喊着你的名字　一边拍手喊口令
鼓励你深一脚　浅一脚　跌跌撞撞走向我
此刻我只能微微扭动身子试探
比印象中的 20 米要长好多啊
我紧紧握着你的双手
脚尖紧紧挨着你的脚背
生怕一放开你的手　就会坠入万丈深渊
你说　左边　右边　小心
你说　妈妈　别怕　有我
你说　再往前一步　我们就成功啦
这无助的六分钟
怎比过去远离你成长的六年
可我不得不承认　它才是我这辈子走过的
最认真的路

·2018 年·

◎ 关于饥饿

从什么时候开始　这个词已与我惺惺相惜
真的好饿　它穿透了我记忆中的部分人生
陌生人来了　亲人　仇敌　胆小鬼的游戏
关于饥饿　我对他们喋喋不休　或者轻度走神
我头脑清晰得立体　他们忧郁的表情
我的饿同胃没有关系
我活着的每一分钟都是饿的
我脚下的每一步路都是饿的
我看到过的每一粒灰尘　每棵草
那些来来往往　汹涌澎湃
它们把我挤进一扇窗口　放眼望去
眼睛所及全部都写满“饿”字　失业　欺骗　冷漠
饥饿把每一个细胞都填满
我想起一个女人的工作和生活
源于一场经血并结束于一场经血
我想起一个男人的逃避现实
遇见一个发财梦　散落一个发财梦
因为饥饿　我不得不常常有意躲藏
我怕我一不小心　把至亲至爱都吸进肚里
很多时候　我只有在他们的疑虑中
悄悄把自己关进一间黑屋子
点灯　默默沉思　假装活着　偶尔翻书　因为饿
泪水都舍不得流出半滴

·2015 年·

◎ 秋恋

忧郁的天空下
梦中抖落一段鸟语花香
风雨谱曲　信笺里的诗情画意
透过电子邮箱
感动与深情相拥

城市的黄昏
最后一只年少的风筝
已飘落雨巷
思念把南方的血液分解
在静谧中汹涌

爱的讯息
在彩霞满天的傍晚　潮起潮落
我们隔着距离的悲悒
电话和屏幕的触摸扭曲了真实

谁将放下一切羁绊　让灵魂不再凋敝
可最后
是谁嬗变成青葱绿柳
远离日益贫瘠的巴山蜀水
把思想的光芒绽放在南方深秋的雨巷

·2006年·

◎ 母亲节，我绕着工业园走了很久

母亲节的晚上十点
空气中飘浮着觥筹交错的声音
我穿着一双廉价的高跟皮鞋
就这样漫无目的地在科技园里
走了一圈　又一圈

从写字楼的四楼到一楼
从生产车间到集体宿舍
从员工食堂到中心花园
从单身公寓到干部宿舍
从喷水池广场到正在赶工的二期科技园工地

我思索着皮鞋跟和地板韵律的回声
我看到了远方的灯光把我的影子拉长
不远处有下班后的情侣们依偎着的暧昧背影
我听到了切割机在唱着那首锋利的痢歌
我背靠着山峦　黑暗中思忖着扬一对寂寞的帆
可以飞过宿舍的七楼到一楼　看那些可以折射的光

我忽然遇到一位赤脚的粉刷匠
他裸露着上身　裤管被七彩涂料包围
在灯光和夜晚交错的拐角处
我不认识谁　谁也不认识我

粉刷匠把刷子举过头顶
黑暗中我猜测不出他的表情

我第一次想起了遥远的湖南老家
就像郭靖和他娘亲
想从蒙古包成吉思汗的身边
回到他们大宋朝的牛家村

·2006年·

◎ 那场露天舞会

是音乐的强劲舞动了臀部
还是臀部的婀娜勾引了音乐
工业园的一场露天舞会
让早已机械化的人们沸腾
纤细粗犷　肥胖和瘦弱
从赤脚到三围和头颅的失控
眨眼就想到犹太人的眼泪

不设防的炸弹
我已经夹好尾巴
做好拯救耳膜的准备
可那些熟悉的眼睛
一齐把我烧烈
他们让我读懂
脱掉工衣的女人
可以那样优美和妖娆妩媚
卸去工衣的男人
可以那样轻盈和自恋陶醉

我终于扭起了我的屁股
像鸭子走路　像猩猩般觅食的小丑
他们说我放不开　太过羞涩
最好对着天空呐喊
像狼嚎一样的凄切

我们还能舞出什么
就在这场露天舞会
我们突然排泄了年轻的血液和自由的可贵

·2006—2007 年·

◎ 打工

是城市选择了我们　还是我们依赖了城市
是打工孕育了我们　还是我们炼铸了打工

“打工”
多么简单的两个方块字
谁能说得清
在这些熟悉的横　竖　撇　折　钩里
究竟保存着多少陌生

而疼痛的烙印　嗜血的泪痕
在激励的号角中　挥洒出新的力量
吹动了千万打工人的心

计算机把中国五千年的文明排版　列印　复制
一阵支离破碎的弹击　双打
鼠标漫无目的地游移
终于发现“打工”二字
是现代人最不忍轻易剪切和刷新的繁文

编辑“打工”
透过那些设置的窗口
我们蜷缩进自制的表格
梦想一天可以插入这座城市的最高层

·2006年·

◎ 打卡

从纸卡　到IC卡　到指纹辨识卡
打卡机的变更就像工业区的楼房
矗立　沉默　庄严　预兆着时代与科技

那些专注的眼神　那些虔诚的脸庞
那些模糊　质朴　纯真
那些皱纹　角茧
那双粗糙的手　纤细的手
那条佝偻的腿　弯曲的背

像镁光灯一样去捕捉
未加粉饰的艺术照
已定格成一条条时间流痕
在工业区　在南方　在打工人的心坎上

打卡机旁竖着一面镜子
谁照谁　谁看谁　都面目全非
而总有这个时刻让人
记住自己　认识自己
欣赏自己　陶醉自己
上班打卡　下班打卡
加班打卡　忘了打卡
磨破双腿也要补卡

·2006年·

◎ 读你

我把你的影像展览
我把你的声音罗列
我把你的故事重叠
我把你的鲜花嫁接
泪水和忧伤
像漂泊一样　曲曲折折

该用几种未知的方程式
来读懂你那玫瑰般的
前尘和过往
用情感放射铅字
我卑微地盗取心灵密码

思念拿迷茫织网
我小心翼翼地
把答案涂满每次想你的瞬间
真情　到底等于多少

真爱
如果没有语言的刀子
创伤和血
我们永远都不会明白
那些擦身而过的无奈

·2006年·

◎ 有故事的人

我多想做个有故事的人
即便轻轻掉落一滴眼泪
也有菩萨心肠　瞬间慈悲众生
绝不姑息　偏袒　溺爱　一沙　一花　一人

小道的对面　高速桥墩下
停放着那么多各式车辆
厚厚的灰尘是风霜的制衣厂
它们默默守候着主人的到来
也许有的人　永远不会回来了

而我此刻　蓦然站立　满眼敬意
向五十米外每台沉默的机器招手
祝福它们都可成为
江湖中最后一个大佬
没有杀戮　阅尽世相
温和从容于平凡之路

我更加认真地怀抱内心
喷洒每一滴疼痛和福祉
衷心祝愿每一辆有故事的车
和悄然行走人间
每一个有故事的人

· 2021 年 ·

◎ 以茶为祭

女儿不知从哪儿翻出一套茶具
她说是某日我们在超市购物的赠品
家公不知从哪儿找来一罐绿茶
他说是妹夫很久以前买给他的礼物
保质期三年　我掐指一算
还有七个月就要过期
沏茶　赏茶　饮茶　美心修德
自古是为茶道礼仪
据说喝茶可安神静心
乌云　流言　使各种面具险象环生
人们遵循指令按压心跳
在大数据面前团结　誓死抗护
灾难让无畏者更无畏
谣言更不可能阻止他们前行
以前从不喝茶的我们　突然看见
那些在水中翻转的茶叶
好似一个个呼救的生命
以茶为祭　我心惊失手
恍惚中　听到
无数茶杯破碎的声音

·2020 年·

◎ 回家

九龙飞天舞　瑶山篝火红
梦回湘西北往往只需一个瞬间
儿时那些关于故园的抚爱
突然像被秋天散落的马蹄

千里之外　并非流淌不了乡愁
被工衣包裹的瘦弱躯体
像幽灵般穿梭在厂房和机器身边
青春携浪漫在南方佝偻着一点点消失

仰望苍穹　我常常默默地和星星祈祷
尽管早已不再记得二十四节气的传说
即便在媒体网络提醒春耕和秋收的时候
我依然只会在乡亲和土地之间唾弃自己的无能
幻想掬回一捧微不足道的灿烂和辉煌

我们都遗忘了最初的纯真和感激
在他乡咀嚼的食物让人们背叛了劳动的价值
当种子找不到成长的土壤时
丰收的路途将会如此艰难
而我们回家的路
在城市的打磨和修整下
也似乎变得越来越漫长

· 2008 年 ·

◎ 节日组诗

一　节日

日子叠着日子
蚂蚁驮着蚂蚁
受法律保护
黄金做的闲暇日变成分界线
从贫穷到繁华的一角
大海为天空奏着乐章
人们看见
脚印踩着脚印
而二氧化碳和废弃物组织
依旧徘徊不过蓝天

二　雨夜

深秋和寒冬如一对连体婴儿
水花是雨点告白大地的心声
我递过了雨伞和叮咛
却忘了目送你的脚步和背影

只怕今生错过　来不及说道歉
故事倏然被更改
我们将与冬天一起殊途同归
你依然是你

我仍旧是我
只是那夜漂泊的雨
不知将一辈子流淌在谁的心田

三　惆怅

一个明天又一个明天
只要还活着　哪怕一息尚存
便可以找到理由
心安理得着去投掷和犯罪
浪费一截光阴
抑或迷失一段爱情
都是微笑和狂欢背后的省略号
青丝辗变成白发
激情与期待竟不再来
何日青春物语

四　灰色与阳光

在地球一隅自转
人们目不转睛斜视地平线
幻想用身体去融化
破译出太阳的温度
熔岩和血浆被注入大自然的灵魂
人们往往无处可逃
尽可将黑色作底　灰色铺面
我们转一转　找一个缝隙

看阳光自投罗网
那些美好事物的宣扬与叙述
我们好好聆听吧　反正大家都不是陌生人
那些掌声和潮水
浸润不了内心的柔软和凄凉
但至少因为有光的到来
我们也许会早日舒展一地洁白

·2008年·

◎ 娃　爹在城市的天堂了

——献给那些因意外事故消失在城市中的灵魂

2008 年 11 月 24 日凌晨　娃　爹在城市的天堂了
这一天来得太突然　没有一点思想准备
我还未舍得穿一次你送的新皮鞋
这一生活得这么漫长　没有任何奢望
就在这一刹那就可以拥有这辈子全部的梦想了

莫流泪　我的亲人　我的娃
有些事情　这个世界上经常会发生
你要想开些　就当你老爹人生偷偷转了个弯
人活着　终有这一天　哪管它们值与不值

莫悲伤　我的亲人　我的娃
虽然来到这座城市几年了
可我一直都不知道在生活的工地外
它是什么样子的
那些高楼大厦的里面和外面是两个不同的世界
只是我再也没有机会　等你带我去看了　我偷偷自己去

莫心碎　我的亲人　我的娃
你要好好地活下去
替我谢谢那些仍在搜救我的好心人
谢谢那些专程来现场善后的同志

告诉他们　不用再找了　我的尸身　已渐渐腐烂
我的灵魂　正在天空里抽老家的大烟卷
在活着的时候
看不见的事情　现在都可以了

莫仇恨　我的亲人　我的娃
这是一个多么美好和平的年代
你还年轻　前面的路还好长
爹在天上看着你　陪着你在城市里打拼
爹盼着那一天　人们不再唤你外来工
爹没文化　不识字
我们不在乎别人的怜悯和同情　也不在乎别人异样的眼神
我们比城里人更加愿意为这座城市付出鲜血和生命

娃　站直了　在哪儿　都不许当孬种
你想我的时候就抽空回趟老家
在你爷爷坟前也给我烧炷香
爹想你的时候　就托梦给你

·2008年·

◎ 送打工的父母上回乡的车

城市　霓虹灯闪烁
夜幕下的人们翩跹起舞
千里之外　有家的呼唤
打工的人们把希望揣在怀里
陌生的是面容　熟悉的是乡音
仿佛一年到头就为了这一刻
高贵　富有　贫穷　彼此心照不宣

在列车员深情的注视下
母亲从口袋里摸出那张小小的火车票
父亲也赶紧掏出同样的体温
他们努力把行李高高举起
我用忽视的眼光和姿态来逃避他们佝偻的背影

松开行李　母亲拼命地挥手
差点被人潮架着走
我恨不得把眼光亮成一道剑
划过汹涌的人流和各种旅行袋
剑心直射父亲憨笑的脸
然后再划几道圈
直至他们把我像小时候一样拎回了家里

·2008年·

◎ 寂寞　是被城市折叠的毛毛虫

夜晚　街灯很温暖
诱惑仅仅作为一种暧昧字眼
保留着最原始的冲动　像烟花一样绽放
城市被困在里头　你我放逐在外头

街灯下来正好路过我飘逸的长裙
在晚风中斜画成一道长长的影子
可能有一群又一群的蚂蚁
好想慢慢挪进它们自己的屋巢

我边走边想　去做一名摄影师吧
可以把这些被土地养育过的精灵
拍得无比纯情和唯美
让一个普通打工妹的信念和执着
与热恋中的城市一起大爱无边

夏夜倾情继续舞动着
一些汗水被文明编织成了版图
人们是否还记得当初离家出走的模样
用多年的时间去品尝
城市和城市之间的陌生

在南方行走
我曾经幻想自己会成为如三毛样的女人

可恨历史上某些才子与佳人的故事
无奈都被世人镶嵌得悲壮和凄婉

龙岗区　布吉镇　下李郎村
我怀抱异乡人最懵懂的渴望
在一个美丽的工业园里　剪切青春的碎影
流水线是召唤生命的机器
IC 卡最易破解出人们活着的顽强与坚忍

在城市之外　人们说汽车的尾气可以带走一些喧嚣
跌宕起伏了一些磕磕绊绊　只因为害怕受伤
于是我们把自己丢弃在几平方米的出租房
在梦中铺展开深圳地图　测量脚下的位置
梦醒后它们不再是生养我们的故乡
而我们却都成了它们的孩子

人们总是那样内敛和沉静　即便匆忙
也用一袭简单的工衣　裹满城市里欣欣向荣的味道
一些卑微的人手握一支笔
便会成为一个寂寞的旅行者吗
在明日的工时表上
我不想成为那个唯一迟到的女孩

街灯依旧亮着　夜晚太黑吗
你们还在等什么　他们说爱可以带来光明
让我们在睡梦中亲吻彼此甜蜜的表情吧
只是不知该如何好好地谢谢你

在城市之外这个小小版图一角
继续努力期待着一次完美的转身

用一颗感恩的心等着那一天的到来
有小花小草陪伴着　还有流水样的歌声
最不忍回想是那几千个昼夜的奔腾
什么也无法抹掉心中那片光明
我已经来了　就不想放弃　也许我生涩的模样
并未一定会保存在你的记忆中
原谅这人生的沧海一粟

也许　寂寞只不过是被城市折叠的毛毛虫
哪怕一丝小小的风吹草动
也会读懂蜷缩在身体之外的忧伤
努力伸出一只脚　总会突围出一小步

·2008年·

◎ 红烧茄子

在漂流的命运里　总喜欢保留一份奢侈
廉价　单薄　一如我们的厂牌和工服
这日复一日的生活突变得多姿多彩
咸鱼之韵　红烧之美　煲之源远流长

在我们上下班的空余时间里
胃被季节限制着播种和拔节生根
四月开花　五月结果　六月丰盈
睡梦中常常响起儿时老祖母那声“别吃秋茄子”
好像地王大厦上空传来的天籁之音

厨子们的眼光犀利　尖刻　手脚动作麻利
这南国的茄子没有老家的季节之分
春夏秋冬　被炒　被煲　被煎　被腌
赤裸裸地卸下高贵的紫色外衣　色香味俱全
义不容辞　余香绕梁三日不绝

是谁说　圆茄子　不进油盐
年少的轻狂无知　岂可与它同日而语
面对这些植株成分　而如今长大依然无知的我们
倘若剥掉自己身上的这层皮
试问新时代的营养学家们
何种做法才会味道更浓　更鲜　更美

· 2008 年 ·

◎ 兄弟　我见着你了

多少年前　是你那如水般柔嫩的名字
也许更是　你那诚挚和飘逸的文字
相识绝非偶然　在那些霓虹闪耀和陌生的街角
你烹煮着我小小的梦想和少女的情怀

八年　时间碾过岁月的磨
八年　你从一个儿子到丈夫　直至保留父亲的伟大胸襟
八年　无法企及的距离　渴望一勺味精
八年　我在漂泊的倒影里搅和着一锅五味杂陈的汤
偶尔　你突然出现　有时莫名其妙地消失

生活　不仅仅是饱含这些诗情画意
而今　你无暇顾及那缕白发
讴歌和抒情　依然坚守在长长短短的诗行里
喝酒　浸胃　猜拳　晚归　还有沉默的爱人
即便阳光明媚　也习惯落魄着飞舞

兄弟　我见着你了
你瘦小的躯体和照片上一样高大
你单薄的胸膛似乎总试图给我更多的拥抱
公元 2008 年 12 月 6 日下午 6 点
在成都双流机场　和着干冷的风站立微笑
那些和你一样善良　赤诚的人

兄弟　我见着你了

当我们继续努力在各自漂泊的旅途上

连再见也无须说出口　故作云淡风轻

就如子夜一点和朋友们的别离

肆无忌惮的泪水啊

它们究竟在为谁哭泣

·2008年·

◎ 爱

泪水足以滋养
故乡的那株苦楝树
颠沛的叶子在风中摇曳多姿
我的柔情只在你的诗意印象中
而真实的灵魂
被岁月割宰　细嚼慢咽

恍若隔世　却一见如故
你的名字
悬挂于心结上空
美好的期待
惧怕鸿沟

你不明白我最初的等待
纯纯的心事匍匐在南方的土地上
命运的情愫
孤独和无助点滴肢解
我用浮尘的身影
躬耕七彩的人群

南方
你一直在等谁的消息
让泪水从此只属于　爱的记忆

·2006年·

◎ 后记

不是所有的爱都能说明白

记得去年12月给上一本集子《入园记》写后记时，我在文中写过这样一段话："如果将来有机会，经济允许，我还是非常渴望能将自己多年来写的另外一部分诗歌作品正儿八经地出版……"只是没想到一年后的这个时间，我就可以克服困难实现自己的这个愿望了。促使我做这件事或许有人到中年的醒悟，看清生活的真相，学会坦然地接纳不完美的自己，是想给自己的前半生做个总结告别吧，用一本集子来纪念。也或许深感人生的无常，怕自己突然就没有机会同自己最爱的人、想感激的人说声谢谢了。

上个月某天中午，诗友张淼在电话中突然的一句话"兰芳，走到今天多不容易。到如今，你是不是应该好好地面对一下自己的作品了？"像一枚炸弹惊醒了昏睡的我。这么多年，我从不敢大胆承认自己是一个诗人或作家，觉着自己连业余文学爱好者都不算，我实在太过于碎片化写作了。记得十五岁那年，我读高一，写了人生第一首现代诗歌，即《蝶》中所言，"可怜的小蝴蝶/你是想寻找一个歇息的角落/还是把我当成了一朵花呢"中的"寻找一个歇息的角落"似乎一语成谶，前半生漂泊的我好像一直在不断地寻找那个让我心安的角落，到今天，也不知它在哪儿。我说得最多的一句话是："打工，讨份三餐生活，工余，偶尔捣鼓几个文字，沾沾文艺青年的浪漫。"午夜时分，字里行间，无论是阅读别人的诗歌作品还是编写一些自认为的分行，我惊异于它们带给我的悸动与甜蜜，在那些长长短短的句子里，我读着别人的故事，体会别人的心事，也轻轻诉说自己的故事，不经意间分享自己的心事。以至于今天我不得不承认，在我这漫长打工人生中为数不多的幸福和快乐，一大半都是诗歌给予我的馈赠。读到一首好诗，触摸到一个诗意的灵魂。读到一句好诗、一篇好文，我常常忍不住会心一笑，好像顷刻间认识一个同频或令人崇敬、仰慕的朋友。

我似乎是幸运的，打工这么多年，没有像我们的先辈打工者们经历过那么多的磨难，绝望，一场又一场血与泪的洗礼，有的打工者可能把生命的一部分抑或整个生命都献给这片土地。可我似乎又是不幸的，这么多年，为了生存，疲于奔命，挣扎在打工的一线，见识和领悟最真实的人情、世相，除了对苦难多了一些共情力，其他的长进都没有。他们说我工作中极具亲和力，讲话、做事那么自然，让人舒服和温暖。他们不知道，一个经常淋雨的人，很愿意在自己力所能及的范围去为别人撑一把伞，因为，他知道，无论当时的这把伞是大还是小，都会是人心深处的需求与渴望。

我相信这个世界终归是美好的，虽然它常常乌云密布，但是只要有爱和坚持的力量，停留在我们头顶的雾霾总会慢慢散去。张淼让我大胆、好好面对自己的作品，她鼓励我，要学会去认可和大方展示自己的作品，同时到今日，也要对自己的创作做一个总结，从此提出一些更高的要求。于是，我就静静地把我的作品读了一遍，竟发现真有好些句子能打动人心。我感谢那个捕捉瞬间灵感的自己，用一些不太成熟的文字，真实地记录岁月的痕迹，让那些时光在人生的长河中翩翩起舞。当然，我也发现太多的粗糙和懵懂，以及阅读的匮乏、思想的贫瘠、生活的沉重、视野的局限等。但这一切并不影响我要把它们汇编成册，相反，它们让我认识到自己的不足和缺陷，在未来的日子里，我将慢慢去尝试改变，一点点去进步，谢谢不完美的自己，就像我们如今已坦然接受这不完美的生活。诗人杨克说："诗是写给灵魂相通的人看的。"我期待着每位打开这本诗集的读者的评定，真实的声音最可贵。

为这本诗集定四个章节，几乎也是一小时内的事。

“城里城外”这一章节我最初想定为“城”，似乎这样会自带一种极简主义的隐秘和高渺，我前半生到过的几座城市，它们给我留下深深浅浅的烙印，那时都是无意识地经过或仓促停留，我希望将来能有机会再次走近它们，步子不用那么急，囊中不再如此羞涩，我踏上那片土地，带着游人的向往，我能有发自内心的笑与泪。而深圳，这座似乎可以算得上我第二故乡的城市，它的包容、博爱曾给予我太多的感动，它的速度、激情、青春、活力总是让人热血沸腾。

“忘却营营”来源于苏轼的作品《临江仙·夜饮东坡醒复醉》中的“长恨此身非我有，何时忘却营营。夜阑风静縠纹平。小舟从此逝，江海寄余生”。大意是：我经常愤恨这个躯体不属于我自己，什么时候能忘却为功名利禄而钻营奔竞！夜深人静，水波不兴，驾起小船从此消逝，泛游江河湖海寄托余生。诗人化用庄子“汝身非汝有也”“全汝形，抱汝生，无使汝思虑营营”之言，以一种透彻了悟的哲理思辨，发出了对整个存在、宇宙、人生、社会的怀疑、厌倦、无所希冀、无所寄托的深沉喟叹。千年前的大家如此，今天平凡的我们亦如此，生活终究无法任情任性，我们只能在无法解脱而又要求解脱的人生困惑与感伤中踽踽独行。

“他·她·它”这一章，大部分是献给师友的作品或是一些阅读心得、小感悟。每个相遇的瞬间，我想都是上天赐给我们的礼物，无论是只有一面之缘的人，还是相隔千里从未谋面的人，抑或是呈于书页的章节、文字、角色，那份长久不能释怀的记忆与过往，无论散聚、漂泊天涯，但那份感动历久弥新。

“南方叙事”这章收录了一些打工诗歌作品，算是个人或我们同类人时代的印记与变迁吧！太多优秀打工作品和它们创作者的名字早已在人世间流传，我只能试着从不同的角度采撷几朵小小的花，算是不成文的献礼，也算是一种无以言说的祭奠，或许几十年后，人们再也不可能经历那样的时代和故事了。

本书能汇集成册，我特别要感谢这些老师和亲友，欧阳喻四、半夏子（秦后东）、马萧萧、杨献平、杨宏海、张守刚、罗德远、赖伴周、马忠、李明亮、许岚、郑小琼、唐成茂、王国华、徐东、戴斌、郭海鸿、段作文、唐小林、曾晓威、赵贵斌、石泰康、李秋妮、陈素云、张淼、程鹏、周小满、鸣远、魏先涛……可能他们自己不曾记得，也或许早已忘记，他们无意中的一句话或是一次小小的提点曾给予黑夜中的我多大的力量和希望。他（她）们中有的人，我仅在某次活动中匆匆见过面，连招呼都没打，有的至今从未曾见过面，有的或许这辈子也很难见上一面。

半夏子是我在隆回二中读书时期“默深文学社”的辅导老师兼校报《凤声》主编，他那时教学的科目是地理。是他把我稚嫩的文字第一次变成铅字，高中三年，我陆陆续续在校报上发表了十几篇文章，多因老师的谆谆教诲、勉励。惭愧，自从高中毕业后漂泊至今，回老家次数寥寥，还未去拜望恩师，多年前听说他已调到市某高级中学任教，谨祝他身体康健，我期待能早日与老师重逢。

我记得多年前马萧萧老师在微信上说：“其实，你有些作品写得确实挺不错的，只是太缺少关注了！”作为隆回二中学长，如今著名军旅诗人的他一直是我们乡邻的骄傲，也是我们学弟学妹心中不可逾越的偶像。即便这是他随口一说的话，也让我傻乐不知多少天。

杨献平老师是马萧萧老师的好朋友，用马老师的话说，我的性格同杨老师实在太像了，有时就像一个人。我也没有机会同杨老师见面，我知道，这是马老师的一句玩笑话，我想我和杨老师相像，是看完电影《芳华》后一样长时间号啕大哭，但杨老师的才华是我的千万倍。记得有次《宝安日报》的李秋妮老师让我一小时内把一篇三千多字的文章《爸爸　在您面前我总想流泪》修改成一千字左右，符合版面要求，我茫然失措不知如何是好时，找杨老师指点，那会儿他很忙，我原以为没戏了，三五分钟后，他就把修改后的文档发了过来，再加一句："保留情节，其他形容的、修饰的、感想的能删即删！"点开文档的一刹那，我的眼泪突然如泉涌。

我至今没有见过罗德远老师，虽然他就在广东增城。2006 年春天，我因失恋痛苦得无法自拔，似乎所有知情人都选择沉默的时候，罗老师的一个电话宽慰了我："兰芳，别哭，不要哭！伤坏身子，坚强起来！我说他哈，我批评他！"至于后面他是否做到都不重要了，至少在那至暗时刻我感受到温暖和光。

2017 年参加首届"大鹏生态文学奖"颁奖典礼，傻傻的我孤单地坐在台下，看着前后左右陌生的面孔，也羞于和任何人打招呼，台上的老师们刚刚声情并茂地朗诵了我的一首获奖作品《走过大鹏所城》，我沉浸在自己的作品被专业老师诵读原来可以这么美妙的自我陶醉中，段作文老师走过来拍拍我的肩膀说："兰芳，你有没有《打工文学》（后更名为《宝安文学》）周刊王国华老师的邮箱？他要我转告你，你以后可以向他投稿的。"当时，我竟然说："哪个王国华老师？"如今王老师的"街巷志"系列书写已在深圳乃至全国都影响深远，他不可能记得多年前作为《打工文学》周刊编辑的他对一个业余写作者的约稿，曾带给我这个傻姑娘多大的激动与鼓舞。

我至今没有见过传说中被南方工业吞噬过一根手指的张守刚老师，但他多年前的那本诗集《工卡上的日历》我读了不下五遍。听说他已回重庆云阳老家多年，但依然笔耕不辍，同时带班教学生吟诗作文。已忘记是 2005 年还是 2006 年某天晚上我和他通过的唯一一次电话，在电话中他说："我看过你写的《工衣》，同其他打工作品不一样，很有自己的特色，加油！"

赖伴周是龙岗区布吉街道联创科技集团的原党委书记，现已退休。他曾参加过对越自卫反击战，听说身体里至今还留有一块弹片。2007 年冬我在联创上班工余编写《南方有约》那本集子时，是他第一个拿出两千元钱支持我，并对我说："好好工作，有时间也和同事们分享分享你写作的故事。"那时年轻浮躁，我竟未能好好领悟老书记在很多场合的教导和提示，而今回想，如果自己能早些醒悟开窍，也许我的人生要少走一些弯路。

欧阳喻四是我的舅爷爷，今年九十一岁，身体仍然硬朗。年少时在老家，妈妈与他们打交道多一点，我几乎没见过面，十五年前老人家无意间看到我编的集子《南方有约》，电话中对我说在外面打工受了这么多苦，家中发生这么多事怎么从不与他们亲戚说，并坚持为我到镇上售卖书籍，某天不小心还摔伤了腿，住进医院，后面老人家把售书所得的钱连同一封亲笔信都让亲人转交给我。后来才得知真相的我实在是太诧异和感动了，说真的，我自己没把集子当回事不说，更没指望任何亲人帮吆喝。后来他常常问我有无新作品，有稿子都可以发他看。在这漂泊不定的打工生活中，老人家远远的期待、鼓励和守望，让我温暖、内疚之余，多了前行的力量。

魏先涛是我的五叔，在我十七岁那年，是他陪着我在当时的深圳布吉关排六小时队，办理入关暂住证，送我安全入关后，他自己却徒步翻越关口那重重山峰。是他冒着酷热带我穿梭在深圳的大街小巷苦苦寻工，是他自己舍不得喝一口水，却总要给我买好吃的……可是后来，他却在深圳盐田一个叫四村的地方，给他的女儿留下一封信，从此再也没有回来。几年前，我写过一篇非虚构散文《五叔》，表达我对五叔的回忆和怀念。多年后的我，今天的我，常常在深圳人来人往的十字路口驻足，在人群中寻找，无数次恍恍惚惚中我多期望那个熟悉的身影会突然出现，像小时候逗我们玩一样，脸上带着善意的坏坏的笑，张开他的手掌，用五个手指倒扣住侄儿侄女小小的脑袋，玩笑着说："看，我的鹰爪来啦！"……

不惑之年，泪腺极低，此刻，我无法再一一述说他们的故事了，而我将这些散落的感动凝聚于心底并珍藏，也该学会坦然地放下一切去勇敢面对往后的人生。

在写这篇后记的过程中，我耳边不停地循环播放李海鹰老师的歌曲《不是所有的爱都能说明白》，此刻，确实没有什么能比它更适合做这篇后记的告白了，虽然唱歌的人陈汝佳斯人已逝，但那个干净、纯粹、澄静、明亮的男声像魔咒般陪伴我从少年到中年。

不要沉默无言 / 不要再徘徊 / 睁开你的眼睛 / 不要再梦幻 / 不是所有的爱都能说明白 / 不要再说出甜蜜的誓言 / 也许有一天我们会知道 / 真诚的情意和那动人的浪漫 / 重新点燃一个炽热的光环 / 熔化了冰冻已久的心愿 / 啊……多少的迷幻总是解不开 / 忧伤的故事讲不完 / 纯真的爱永远不会老 / 痴情的浪漫在伸延 /……/ 多少的迷幻总是解不开 / 忧伤的故事讲不完……

要感谢的朋友、亲人实在太多，你们的名字在我胸口跳动着，让我们约定，坚守彼此的爱和善意为这不屈不挠的生活喝彩吧！谢谢你们！还要谢谢此刻打开这本集子的熟悉或陌生的朋友！也谢谢自己，十七岁那年拿着奶奶给的三百元钱，从此从湖南到广东，出走半生，她归来仍是少女！

魏兰芳

2023 年 11 月 9 日初稿

2023 年 11 月 20 日修改